FOLIO POLICIER

Harry Crews

Le faucon va mourir

Traduit de l'américain
par Francis Kerline

Gallimard

Titre original :
THE HAWK IS DYING

Né en 1935 dans le comté de Bacon, en Géorgie, Harry Crews a grandi dans l'Amérique de la Grande Dépression avant de devenir ouvrier, soldat, forain, karatéka, fauconnier, journaliste, acteur, motocycliste, pêcheur, videur, professeur, pilier de bar et écrivain. Auteur de dix-sept romans, de nombreux articles, nouvelles et d'une pièce de théâtre, il meurt en 2012 à Gainesville, en Floride.

Pour Charné

La parole humaine est comme un chaudron fêlé où nous battons des mélodies à faire danser les ours, quand on voudrait attendrir les étoiles.

GUSTAVE FLAUBERT

PREMIÈRE PARTIE

PIÉGÉ

1

Billy Bob Mavis était venu deux fois ce matin – en parlant à George avec la bouche pleine de clous de tapissier –, rapport aux capitons de plafond des Volkswagen. Soit ils étaient trop justes, soit ils étaient trop lâches. Avec le temps qu'il fallait pour faire le plafond d'une seule Volkswagen, avait-il dit en suçotant ses clous, on pouvait faire ceux de trois modèles américains, n'importe lesquels, tout ce qui sortait de Detroit. Mais un revêtement de Volkswagen, c'était du sur-mesure, ça devait être coupé au cordeau, avec des coutures droites comme sur un gant. La moindre bosse ou le moindre faux pli se voyaient à quinze mètres et il fallait des heures à un honnête artisan pour l'ajuster, si bien qu'il n'y avait pas moyen de gagner un rond avec ça. Or la moitié des professeurs de l'université avaient au moins une Volkswagen, quelquefois deux, et bien sûr ils les amenaient ici pour qu'on refasse la sellerie, tiens ! Et le mieux, c'est qu'ils s'imaginaient te faire une fleur. Du coup, chaque fois que l'un d'eux se pointait au magasin, Billy Bob se sentait obligé de lui répéter une énième fois qu'on ne pouvait pas gagner un rond là-dessus, comme s'il ne le savait pas déjà.

— C'est ta sœur.

Betty venait d'entrer dans le minuscule bureau de George au fond de la boutique. Il avait entendu le téléphone. On l'entendait de partout, comme une sonnette d'alarme, depuis la cour où on rangeait les voitures jusqu'au bureau, en passant par l'atelier des coupeurs et des couseuses. Mais George n'avait pas répondu. Il ne répondait presque jamais. Il y avait toujours quelqu'un pour décrocher à sa place, prendre une commande ou se fader la complainte d'un client râleur. Et puis, il avait peur de tomber sur sa sœur, Precious.

— Dis-lui que je peux pas lui parler maintenant.

Betty s'éclipsa et revint à la charge :

— Elle dit de te dire qu'elle pense que le faucon va mourir.

— Compris.

— Elle est encore en ligne.

— Elle veut que je réponde à ça ?

— Eh, oh, c'est pas à moi qu'il faut le demander.

Voilà à quoi ça menait de coucher avec le petit personnel, pensa-t-il, désespéré. Ils répliquent.

— D'accord. Dis-lui que tu me l'as dit et que j'ai dit que j'avais compris.

Betty s'éclipsa de nouveau et remit ça :

— Precious a dit de te dire qu'il était mort. Elle a dit de te dire qu'elle était sûre qu'il était mort.

Il la regarda d'un œil morne, calé derrière son petit bureau usagé.

— Elle a dit que les bruits s'étaient arrêtés pendant qu'elle attendait que je revienne lui parler. Ils se sont arrêtés et elle sait qu'il est mort.

— Elle est toujours en ligne ? demanda-t-il finalement.

— Non, elle a raccroché, dit Betty.

— Bon.

Elle fit mine de repartir, mais s'arrêta sur le pas de la porte, tournée de trois quarts. La cambrure de sa chute de reins faisait ressortir son postère printanier comme un insolent point d'interrogation dans un rayon de soleil.

— Non, dit-il avant qu'elle n'ait posé la question. Je ne viens pas ce soir.

— Alors, je prends mon après-midi. Faut que j'aille m'inscrire au cours d'histoire de l'art.

Que pouvait-il dire ? Il la regarda s'éloigner dans le magasin, dans l'éclatante lumière de la vitrine, en tortillant du cul pour le chambrer.

À peine était-elle partie que Billy Bob reparut dans l'encadrement de la porte, en mâchonnant pensivement une bouchée de clous.

— Elle se tire encore ?

— Ce crétin de faucon est mort, dit George. Precious a appelé.

Billy Bob avait tourné la tête. À travers la vitrine,

il lorgnait Betty, qui montait dans sa bagnole. Elle avait une Volkswagen.

— Je parie que c'est assez serré pour écraser les couilles d'un moustique, dit-il.

— Peut-être que le faucon est pas mort, dit George. C'est pas sûr. Precious a dit qu'il faisait plus de bruit, mais c'est peut-être parce qu'il dort.

— Faut te ressaisir, George. C'est pas naturel de se tracasser comme ça pour des faucons.

Outre qu'il était le meilleur tapissier auto de l'État et un grand suceur de clous, Billy Bob pensait faire autorité en matière de naturel. Il en parlait tout le temps, ce qui avait le don d'exaspérer George. Sa qualité de contremaître et sa réputation de magicien de la sellerie sur mesure avaient tendance à lui monter au ciboulot. Un de ces quatre, George se déciderait à le lourder, il ne perdait rien pour attendre.

— Elle doit aller s'inscrire en histoire de l'art, dit George, les lèvres pincées comme s'il crachait des caillasses.

— Histoire de l'art, tu parles. (Billy Bob soupira lentement en laissant apparaître les pointes d'une rangée de clous entre ses dents.) Rien qu'à la regarder, cette môme, je peux te dire qu'elle a connu des plaisirs qui sont pas naturels.

Il fit un clin d'œil à George, qui se demanda si Billy Bob avait pigé qu'il y avait un truc entre cette fille et lui. Et, s'il était au parfum, comment pouvait-il avoir le culot de sortir une pareille vanne ? Bon Dieu, pourquoi fallait-il que tout soit si compliqué ? Et pourquoi se laissait-il si facilement démonter ? Il y avait des tas de gens qui s'accommodaient très bien de ce genre de complications, pourquoi pas lui ?

— T'es pas de mon avis ? reprit Billy Bob.

— J'ai pas d'avis sur la question.

— Eh ben, tu devrais, dit Billy Bob en se tournant pour partir. C'est pas naturel de pas avoir d'avis là-dessus.

George reporta son attention sur le bon de commande qu'il essayait vainement de remplir depuis ce matin. Il n'arrivait pas à se concentrer à cause des oiseaux qui volaient dans sa tête, des ailes qui battaient dans ses oreilles. Il entendait la clochette de fauconnier, chez lui, dans l'obscurité totale de la penderie où était enfermé l'oiseau qui jeûnait. Il observait le bon de commande et voyait les busards de son enfance prendre leur essor.

Dans le comté de Bacon, en Géorgie, où il avait grandi, c'était important, les busards. Tu les guettais dans le ciel et ils te menaient vers ce qui était mort. Et ce qui était mort pouvait t'appartenir. Quand tu repérais un vol circulaire de busards en altitude au-dessus d'un champ lointain, il fallait prendre le mulet et foncer vers le champ pour vérifier s'il n'y avait pas un cochon ou une vache en train de crever, ou déjà mort. Les faucons volaient de la même manière. Mais eux, quand ils décrivaient ces cercles en altitude, ce n'était pas du mort qu'ils cherchaient, c'était du vivant à tuer.

Il laissa le formulaire vierge et alla faire un tour dans l'atelier. Neuf machines à coudre gémissaient devant neuf couseuses. D'épaisses toiles de siège ondulaient entre leurs mains. Une dixième machine était silencieuse. Elle n'avait pas sa housse. George songea à la fille et au parfum de sa chambre. Il alla mettre la housse sur la machine avant que Billy Bob ne s'en aperçoive parce que, s'il voyait ça, le Billy Bob, il recommencerait à dégoiser sur la môme et George l'avait assez entendu pour aujourd'hui.

Il regarda les rames de tissu qui pendaient aux rouleaux sur les murs et s'efforça de penser à ce qu'il avait à faire. Les couleurs. Le métrage. Les textures. Le Naugahyde. Ça marchait fort, le Naugahyde. Il y avait un manufacturier qui en faisait un rouge foncé avec de petits symboles de paix bleu et blanc. Les jeunes cons de la fac en raffolaient. Ces étudiants à la gomme avec leurs symboles de paix à la gomme. Pour une voiture de sport, il fallait compter dans les trois cents dollars, rien que pour le tissu. Trois cents dollars de symboles de paix. Il essaya de fixer son attention sur les revêtements de siège, de plafond, de tableau de bord. Peine perdue. Precious avait sûrement raison : le faucon était mort.

2

— Je croyais que tu avais dit que tu pouvais pas venir ce soir.

Elle n'avait pas l'air contente. Debout dans les herbes empourprées par le crépuscule, un pied sur la première marche, il attendit qu'elle dise autre chose. Mais elle n'en fit rien. Elle se contentait de le regarder à travers la porte paravent. Sous la lumière jaune de l'ampoule qui pendait au-dessus de sa tête, elle paraissait bien plus mignonne qu'en réalité. Il se tenait dans la cour d'entrée d'une énorme baraque infestée de cafards, où des étudiants vivaient dans de petites piaules en biberonnant du cidre et en pissant sur les murs. Les murs puaient toujours la pisse. Il pouvait la sentir, de là où il se trouvait, enfoncé jusqu'aux genoux dans les herbes pourpres, attendant qu'elle fasse quelque chose. Il ne savait pas pourquoi il était venu.

— Je croyais que tu avais dit que tu pouvais pas venir ce soir.

Elle se répétait. Ce n'étaient pas seulement les mêmes mots, mais la même inflexion, le même ton, avec une moue qui lui faisait de grosses lèvres sous la lumière. Mais il savait qu'elles étaient fines et pincées. Il savait aussi qu'elle feignait ses orgasmes.

— Oui, dit-il.

Elle renversa la tête en arrière, exposant son visage à la lumière, en roulant des yeux vers le plafond, exaspérée.

— Oui *quoi* ? fit-elle.

— Oui, j'ai dit que je pouvais pas venir.

— Mais t'es là.

C'était une accusation. Il se sentit minable. Il regretta d'être venu.

— Le faucon est mort.

— Il était temps, dit-elle.

Il y avait une semaine qu'elle jouait les téléphonistes à l'Auto Shop et lui transmettait les messages de Precious annonçant l'agonie du faucon.

— Je l'ai apporté ici, dit-il.

Il leva un cornet à sandwich, pour le lui montrer. Il y avait le faucon dedans. Deux plumes de queue échancrées en dépassaient.

— Tu manques pas d'air, dit-elle. M'apporter un oiseau crevé dans un cornet à sandwich.

Alors seulement, il la soupçonna d'avoir séché le boulot pour un autre motif qu'une inscription à un cours d'histoire de l'art, cet après-midi. Inutile de lui poser la question. Il n'avait pas besoin de preuves. Il en était sûr. Elle s'était tapé de la dope. Ou un mec.

Il grimpa les marches. Il ouvrit la porte. Elle recula devant lui, dans l'étroit couloir, jusqu'à sa chambre. L'odeur de pisse était entêtante. Du moins lui, il la trouvait entêtante. Pour elle, ça ne semblait pas être un problème. Elle n'arrivait pas à détacher les yeux des plumes cassées qui empanachaient sa main. Il tenait toujours le cornet devant elle. Elle était entrée dans sa piaule à reculons et s'arrêta. C'était une toute petite pièce.

— C'est *ça*, un faucon ? dit-elle.

— Un faucon mort.

— Qu'est-ce que tu fais ?

— J'ouvre le sac.

— C'est pas la peine.

— Je l'ai apporté pour que tu le voies.

— C'est une grive, dit-elle quand il l'eut dans la main.

— Regarde ses pieds.

Les petites pattes jaunes étaient plus minces que des crayons, mais terminées par des serres incurvées.

— C'est obscène, dit-elle. Un enfant de chœur avec un revolver.

Elle avait un diplôme de psychologie. Elle aimait les images brutales. Elle lui en parlait tout le temps. Elle lui avait appris le mot *métaphore*. Elle voulait être écrivain. Romancière. Il n'avait pas osé lui avouer qu'il n'avait jamais lu de roman. Jusqu'ici, il avait réussi à le lui cacher.

— À part les pattes, il a tout d'une grive, reprit-elle.

— C'est un épervier, dit-il. Un épervier mort.

— J'aurais honte de tuer une petite bête comme ça.

— Il est plus dangereux qu'il en a l'air.

— Vaut mieux pour lui. N'empêche que j'aurais honte.

— Je l'ai pas tué.

— Tu l'as laissé crever de faim.

— S'il voulait bouffer, tout ce que je lui demandais, c'était de sauter sur ma main.

— Tu l'as laissé crever de faim.

Il posa l'oiseau sur un dictionnaire, à côté d'une boîte Colonel Sanders à rayures rouges pleine d'os de poulet. Il se demanda depuis quand ces os étaient sur la table. Ça faisait un bail qu'il les voyait traîner là. Dans la même boîte. L'odeur de pisse chaude lui parut s'amplifier soudain. Elle s'assit sur le lit. Il s'assit sur un tabouret. C'était un tabouret à quatre pieds, mais qui ne tenait plus que sur trois pattes. Fallait avoir le sens de l'équilibre.

— C'est un sport très cruel, dit-elle.

Elle matait l'oiseau comme si elle s'était attendue à le voir bouger.

— Probablement le plus ancien sport au monde qui ait perduré, dit-il.

Elle le regarda drôlement, elle semblait le prendre pour un malade. Il craignit d'avoir mal employé le mot *perdurer*. C'était pourtant exactement la phrase du livre. Mais il ne le sentait pas, ce mot-là. Il ne savait pas ce que ça signifiait au juste. Il essaya de rattraper le coup :

— Ça n'a jamais arrêté – jamais, même pas pendant quelque temps – depuis plus de trois mille ans.

Toujours calée sur son pieu, elle observait fixement le volatile, et sans ciller.

— Il y a une image d'un Babylonien avec un faucon sur son poing à Khorsabad.

— Corps-sans-pattes ?

— C'est ça.

Il espérait avoir bien prononcé le mot ou, à défaut, qu'elle ne sache pas plus que lui comment le prononcer. Ça ne lui semblait pas un endroit connu de beaucoup de gens.

— Et c'est où, ton Corps-sans-pattes ?

— En Babylonie, dit-il (en pensant : Où peut vivre un Babylonien sinon en Babylonie ?).

— Ah.

— Attila, le roi des Huns, avait une image de faucon sur son casque.

Il était content de pouvoir lui sortir des trucs comme ça. En deux mois, il avait lu presque quatre bouquins sur les faucons. C'étaient les seuls livres sur lesquels il arrivait à se concentrer assez longtemps pour les finir. Il se rappelait une phrase – une phrase entière qui s'était gravée dans sa mémoire au moment même où il l'avait lue. Pour lui, c'était l'argument imparable et définitif. C'était le moment de le lui servir.

— Si les faucons ne veulent pas être dressés, ils peuvent se réfugier dans l'ultime et inviolable sanctuaire de la mort.

Elle le regarda de travers.

— T'es venu pour me baiser ?

— Je suis venu pour te montrer le faucon.

C'était *vrai* qu'il ressemblait un peu à une grive, tel qu'il gisait là. Au fond, il était presque soulagé que l'oiseau ait préféré la mort à la soumission. Son agonie lui liait les mains ; en mourant, le faucon l'avait libéré.

— Inviolable sanctuaire, mon cul, dit-elle. T'as fait crever une grive dégénérée.

— Tu as pu t'inscrire ?

Elle eut un instant d'hésitation, très bref, juste le temps de cristalliser son mensonge avant de le proférer.

— Oui, mais de justesse. Il y avait une longue file d'attente.

— Histoire de l'art, dit-il. C'est bien ça ?

— Tout juste. (Elle lorgna l'oiseau du coin de l'œil.) Dis, on pourrait virer ce bestiau d'ici ?

— Je l'emporterai avec moi en partant. C'est quoi l'histoire de l'art, au fait ?

— Comme son nom l'indique. Ça raconte l'histoire de l'art. Faut pas chercher plus loin.

Il avait une vue plongeante sur elle. Elle reporta son attention sur l'oiseau.

— C'est aussi bien, dit-il. C'est mieux quand les choses sont ce qu'elles disent. Quand elles sont exactement ce qu'elles disent qu'elles sont.

Un long moment s'écoula avant qu'elle ne reprenne la parole. Et elle le fit d'une voix lasse, ennuyée.

— Te fatigue pas, c'est pas pour aller m'inscrire que j'ai quitté le boulot.

— Mais tu espères que je vais te payer comme si tu avais eu une raison légitime de prendre ton après-midi, je me trompe ?

Elle le regarda fixement.

— Et tu espères que je vais te baiser ce soir, je me trompe ?

Il observa longuement ses fines lèvres jaunes en pensant à sa bouche pleine de dents cariées.

— L'autre, dit-il finalement en détournant les yeux.

Elle se mit à rire, avec une spontanéité presque joyeuse.

— Pauvre chou, va. Il est vexé ? T'en crèves d'envie et t'oses même pas appeler les choses par leur nom. Mais d'accord, pourquoi pas ?

Elle s'agenouilla et rampa vers lui sur le sol crasseux. Elle prit son temps et il n'apprécia que modérément. Sa position en porte-à-faux sur le tabouret à trois pieds lui filait des crampes dans la cuisse gauche. Sur la table, le faucon l'observait d'un œil mort, jaune, gros comme un petit pois. Il aurait voulu être assez près pour pouvoir lui toucher le bout des pattes. Quand tu lui touchais le bout des pattes, tu sentais bien que ce n'était pas une grive.

3

Fred attendait dans l'allée. Bourré. Enfin, il n'attendait pas *vraiment*. Il était dans l'allée, c'est tout. Planté là, avec une maxi-canette de Budweiser dans la main. Il était trois heures du matin et il était impossible de dire depuis combien de temps il végétait là. Depuis minuit, peut-être. Au même endroit. Sans bouger un muscle. George manœuvra pour contourner Fred et gagner le garage, dont la porte à cellule photoélectrique s'ouvrit automatiquement. Il prit le cornet à sandwich avec le faucon raidi – qui, dans la mort, ressemblait de plus en plus à une grive et de moins en moins à un faucon – et revint à pied dans l'allée, où Fred semblait chercher quelque chose par terre. Il regardait fixement le sol, juste devant ses godasses. Ce n'était pas une nuit très noire. Les étoiles illuminaient les arbres derrière la maison. George rafla la Budweiser dans la main de Fred. Comme il s'en doutait, la canette était pleine. Il fit sauter la languette et en lampa une longue rasade. La bière était tiède. La main de Fred l'avait réchauffée. Ça signifiait qu'il devait être planqué dans l'allée depuis belle lurette. George posa une main sur son épaule. Là, dans l'obscurité, il se sentait très proche du môme.

Ce n'était pas un môme, à proprement parler, mais George le considérait toujours comme tel. C'était le fils de sa sœur. Vingt-deux berges, d'un vocabulaire et d'une intelligence très limités, mais beau dans son genre, grand, mince, la bouche molle mais parfaitement dessinée, et les cheveux couleur des blés. C'était un enfant unique. Le mari de sa frangine s'était fait la malle dès qu'il avait repéré que le gosse n'était pas normal – comme on fuit les lieux d'un crime.

George avait offert l'hospitalité à sa sœur, qui était venue vivre chez lui avec le petit. Ils formaient une famille bizarre, mais c'était quand même une famille et, maintenant, là, dans le noir, George était bien content de ne pas rentrer dans une maison vide. La mélancolie et la tristesse lui laissaient un sale goût dans la bouche. Il éclusa une dernière goulée de mousse et brandit le cornet avec le faucon. Il le tenait dans la clarté des étoiles, bien en face de son neveu pour qu'il le voie. Des échardes de lumière jouaient sur la cellophane.

— Ça y est, dit George, comme s'il venait seulement de s'en apercevoir, le faucon est mort.

Fred détacha les yeux du point fixe qui l'obnubilait et les braqua sur George. C'était un regard d'une intelligence primitive, originelle, qui voyait à travers tout ce que George ne savait pas, ne pouvait pas nommer, sur les faucons, leur mort, son désir de les posséder.

Les lèvres parfaites de Fred s'animèrent lentement, et il dit :

— Liège.

Quelque chose cliqueta derrière les yeux de George. *Liège.* Liège ? C'était un dément. Ou, sinon franchement dément, du moins déconnecté. Quelque part chez lui, un fusible avait fondu – ou manquait dans le circuit depuis sa conception. De sorte que, quand le môme disait quelque chose, ça pouvait être absolument juste et absolument faux en même temps. Liège ? Pourquoi pas liège ? Lui-même, George, était-il capable de trouver un mot plus sensé pour expliquer ses actes, quand il enfermait un faucon sauvage dans la penderie du hall, l'affamait et l'emportait dans un cornet chez une étudiante en psychologie qui bossait à mi-temps comme couseuse, puis se faisait sucer en regardant son œil mort ? Non, il n'en était pas capable, et il doutait que quiconque le soit. Il regarda son neveu et sentit un grand amour brûler dans son cœur. Il aurait pu chialer. Il aurait pu l'embrasser. Il ne fit ni l'un ni l'autre.

— Liège, dit-il. T'as bien raison. *Liège.*

Avec une précision désarmante, Fred sortit de sa poche un petit étui à cigarettes en argent, actionna le déclic, souleva le clip, ficha une Pall Mall 100 dans sa bouche rose, fit apparaître un briquet Ronson dans son autre main, toucha avec délicatesse la flamme du bout de la cigarette et inhala intensément. À travers des volutes de fumée, il posa ses yeux profondément intelligents sur George et dit :

— Poil.

Un mot à la fois. C'était son style. De temps en temps, le mot qui sortait de ses lèvres correspondait vaguement à la situation du moment et, dans ces cas-là, sa sœur se montait la tête, parce qu'elle interprétait ça comme un progrès. Même après vingt-deux ans, elle persistait à croire qu'il pouvait progresser. Un jour, alors qu'ils étaient dans un magasin de chaussures Thom McAn Fred avait dit *pied* et sa sœur avait tourné de l'œil. Mais il y avait longtemps de cela. Elle ne s'emballait plus au point de s'évanouir, aujourd'hui. Quand ça se produisait – pas très souvent, il faut avouer, une ou deux fois par an, peut-être –, elle renversait quelque chose, mais ça n'allait pas plus loin.

George regardait le môme pomper sur sa Pall Mall 100. Fred faisait tout avec une application presque douloureuse à observer. Ses doigts semblaient calibrés pour opérer selon certains schémas préétablis. C'était pareil quand il marchait ; ses enjambées n'avaient rien de mécanique ou de brusque, elles étaient à la fois souples, régulières et dégageaient une impression de force étonnante pour un type aussi svelte. Même bourré comme maintenant, il pouvait marcher avec plus de sûreté et de coordination que George à jeun. C'était seulement quand il parlait, quand on lui posait une question ou qu'on lui demandait de faire quelque chose que Fred se trahissait. C'était alors qu'il tournait vers vous son regard pensif, franc et direct, et prononçait son mot unique.

C'est pour ça que Precious lui avait appris à boire et à fumer. Elle pensait que ça lui donnait une apparence plus normale. On pouvait emmener Fred à un cocktail et le laisser déambuler en confiance. Il se baladait en sirotant une vodka-tonic et en clopant, et la main languide qui tenait la cigarette traçait dans l'air de petits dessins incompréhensibles mais précis. Ses mots sans suite convenaient parfaitement au papotage des cocktails. Ça lui permettait même, parfois, de se tirer dans un bar du quartier et d'y passer la soirée avec lui-même pour seul copain, compagnie qu'il semblait beaucoup apprécier. C'était ce qu'il avait fait ce soir, il était allé s'asseoir dans un bar, quelque part, en se tournant de temps à autre vers un pochetron quelconque pour lui dire : « Orteil », ou : « Orange », ou : « Pilule ». Et, si le type n'était pas beurré, il avait dû supposer que Fred l'était et lui avait souri ou peut-être même offert un verre.

Ça attristait toujours George mais, merde, que pouvait-il y faire ? Il ne pouvait pas sauver le monde entier. Il avait essayé de se sauver lui-même, ce soir, et d'un péril aussi inconséquent que l'ennui, sans y parvenir. Ce souvenir lui fit tourner la tête et cracher par terre. Quand il s'était relevé du tabouret à trois pattes, la cuisse tétanisée au point de ne plus pouvoir plier la jambe, il avait foncé sous la douche. Il voulait toujours se doucher tout de suite après. Même après une simple branlette, il lui fallait une douche illico. Encore un complexe. Betty lui avait dit qu'il était vermoulu de complexes. À l'entendre, il n'était qu'un pauvre mec coincé, ligoté par toutes sortes d'inhibitions. Comme il n'y avait pas de salle de bains dans les piaules de ce nid à cafards, il était allé dans l'une des cabines au fond du couloir. Il n'y avait pas de rideau de douche, alors il avait orienté la pomme de manière à ne pas mettre de flotte partout. Apparemment, il était le seul à avoir cette prévenance, parce que le sol de la salle de bains était inondé. Il avait quand même tourné la pomme. C'était la moindre des choses.

À peine avait-il ouvert le robinet pour se glisser sous le jet qu'un jeune mec à poil était entré et s'était assis sur les chiottes. Le mec était très blanc, comme s'il n'avait jamais mis le nez dehors, et il avait assez de cheveux pour rembourrer quatre oreillers. Il s'était posé sur le trône et avait commencé à mater George. La lippe pendante, l'œil chassieux, il était resté là, comme ça, en matant, en rotant, en pétant, et George ne savait plus où se foutre : il n'avait pas envie d'être vu à poil sous une douche pendant qu'il rinçait l'empreinte de la bouche de Betty, et il n'avait pas plus envie de sortir, parce qu'il ne voulait pas tourner le dos à ce jeunot et se balader tout nu devant lui. Tant qu'il était dans la cabine, il pouvait se cacher au moins partiellement. Il pensait que le mec ne resterait qu'une minute ou deux sur le trône. Mais ça s'était terminé par une douche d'une demi-heure. Bientôt l'eau chaude avait manqué et il avait dû continuer à faire le poireau sous un jet glacé. Quand il s'était finalement décidé à sortir, nu, l'autre était toujours là. Trente minutes durant, le mec avait hoqueté, roté, pété. C'était affreux.

— Allez, viens, fils, on ferait mieux d'aller se coucher, dit George.

— Joue, dit Fred.

La bière tiède avait un peu requinqué George. Il suivit Fred dans la maison. Precious n'était pas au poste. D'habitude, elle attendait que le gosse rentre mais, ce soir, il avait traîné ses guêtres plus tard qu'à l'ordinaire (à moins qu'il ne soit simplement resté en planque dans l'allée pendant quatre plombes) et elle était allée se pieuter. Fred foula la moquette miteuse du vaste living-room, grimpa les trois marches qui menaient au couloir et gagna directement sa chambre. Debout dans le vestibule voûté, George le regarda s'éloigner. C'était stupéfiant. Le gosse ne titubait jamais. Il se ramenait en puant le whisky et marchait droit comme un curé. Sa sœur ne lui en avait jamais touché mot, mais George savait que c'était une grande déception pour elle. Il savait qu'elle aurait préféré le voir tituber. Elle lui avait appris à boire pour qu'il ait l'air normal mais, quand il était bourré, il marchait anormalement.

George posa le cornet avec le faucon raide sur

la table de la salle à manger et alla voir Fred dans sa chambre. Fred avait déjà enfilé un pyjama noir et or. Il était assis sur le matelas à eau de son lit en bois grand modèle, cadeau de Precious qui affirmait que tous les jeunes dormaient sur des matelas à eau de nos jours. Il venait de se servir un whisky-soda, il avait un bar encastré dans le mur lambrissé de sa piaule. Il biberonnait, perdu dans ses pensées, en regardant quelque part à mi-distance. George déplaça un ours en peluche et un canard en caoutchouc, et s'assit à côté de lui. Il mit une main sur son épaule.

— C'est pas grave, dit-il.

Fred éclusa le whisky, posa le verre de côté et alluma une cigarette avec la précision méticuleuse d'un neurochirurgien opérant un cerveau.

— On va tendre un piège et on en attrapera un autre demain. Tu peux venir avec moi si ça te dit.

Fred exhala trois ronds de fumée parfaits, à intervalles rapprochés, et les enfila tous les trois avec son index comme une rangée de bretzels. Ils regardèrent ensemble la fumée s'enrouler autour de son long doigt doré en gardant sa forme circulaire, de façon incompréhensible. Fred retira lentement son index et les ronds restèrent en suspension dans l'air, comme par magie. George, impatienté, attendit qu'ils se dissipent, puis les effaça tout à coup d'un brutal revers de main. Il se leva brusquement.

— Bonne nuit, dit-il.

Et il sortit en coup de vent.

Dans le living-room, il s'appuya sur le manteau de cheminée en pierre. Il tremblait, saisi d'une angoisse proche de la terreur. Ce n'était pas un sentiment nouveau pour lui. Ça mijotait depuis des années dans ses entrailles comme une gangrène. Mais il ne savait jamais ce qui le déclenchait. Ce soir, c'étaient trois ronds de fumée qui avaient refusé de se déliter. Et, avant cela, un hippy stone assis sur des chiottes, qui avait refusé de le laisser sortir d'une douche. Et puis, avant déjà, un faucon qui avait refusé de mourir. Et avant, encore avant, il y avait tout ce qu'il ignorait sur lui-même.

Il alla ramasser le cornet dans la salle à manger et l'emporta dans la cuisine. Devant l'évier, il ouvrit le robinet d'eau froide. L'interrupteur du broyeur à ordures était sur le mur juste en face de lui. Il sortit le faucon du sac. L'œil jaune avait pris une couleur ambrée. Le petit corps raidi ne pesait rien. Le broyeur ronfla. L'angoisse s'était muée en une colère sourde qui le secouait comme une fièvre. Quel con, cet oiseau ! Tout ce qu'il avait à faire, c'était de sauter sur son poing pour becter. Tout ce qu'il avait à faire !

George observa la gueule caoutchoutée du broyeur. Pendant un instant d'égarement, il eut envie d'y plonger sa propre main. Il sentait déjà les os craquer. Voyait le sang gicler. Ça, au moins, ça aurait un sens. En regard du fatras incompréhensible où sa vie s'empêtrait – Billy Bob qui râlait contre les plafonds de Volkswagen en mâchonnant des clous, le Naugahyde rouge avec ses symboles pacifistes bleu et blanc pour voitures de sport, sa baraque à soixante mille dollars avec sa frangine abandonnée et son rejeton déjanté –, en regard de tout ça, seule sa main broyée et pissant le sang aurait un sens. C'était même, tout bien considéré, la seule image significative qu'on puisse envisager.

Au lieu de sa main, ce fut la tête du faucon qu'il engagea dans le broyeur. Il n'y eut pas de sang. En tout cas, il n'en vit pas. Il tenait l'oiseau par les pattes pendant que les lames lui labouraient la tête. Puis il lâcha le tout. Il entendit les os éclater. Pour finir, les plumes de la queue se mirent à tournoyer et furent aspirées avec le reste. Une chiquenaude sur l'interrupteur. Il ferma le robinet et s'appuya, anéanti et désœuvré, sur la console froide en formica.

4

Quand il ouvrit les yeux, une lumière diffuse, couleur de perle, emplissait la chambre. George avait réglé le réveil sur cinq heures. Il se tourna pour regarder le cadran lumineux. Quatre heures et demie. Il était complètement réveillé. Il ferma les yeux et resta tranquille. Sur l'intérieur de ses paupières, il visualisa le piège à oiseau – le fil de nylon, les ressorts de la porte paravent, les piquets en bois – accroché au mur du garage. Derrière le garage, un gros rat blanc était tapi dans une cage en fil de fer, dans la lumière de l'aube. Quelque part à la lisière de Payne's Prairie, un faucon perché dans les plus hautes branches d'un arbre guettait les herbes mouvantes, en quête d'une proie. La rosée du matin lissait ses plumes, et son œil vif, intermittent, se dilatait et se contractait, s'accommodait aux distances, aux textures, voyait tout, cherchait, triait entre les fausses apparences et les vraies substances.

Il ne restait à George qu'à réunir le faucon et le rat sous le fin maillage en nylon du piège. Il fit basculer ses jambes au bas du lit, en essayant de ne plus penser à la veille : la tête du faucon craquant dans le broyeur, l'angoisse qui avait épaissi ses bronches comme un phlegmon. Mais il y pensa quand même, et seule la perspective d'appâter le rapace avec le rat blanc lui remit du baume au cœur. Il souriait en se rendant dans la chambre de Fred au bout du couloir.

Fred dormait avec son ours dans un bras et son canard à portée de main. Il y avait une bouteille de bourbon vide sur la tête de lit. George hésitait à le réveiller. Mais il voulait de la compagnie. Et Fred ferait mieux l'affaire que quiconque. Il était alerte et, s'il n'était pas particulièrement jovial, il n'était jamais bêcheur. Il posait un regard intelligent et captivé sur tout ce que tu lui montrais, avec une attention extrême, comme si tu étais le guide le plus savant du monde. Et il t'écoutait avec le même intérêt, le même désir passionné de comprendre. Pour seule contrepartie, il fallait supporter ses occasionnels mots uniques. George trouvait que ce n'était pas cher payer pour éviter la solitude dans la prairie en attendant la venue aléatoire du faucon.

Il se baissa et poussa doucement le lit à eau. Fred ondula, ouvrit les yeux, regarda d'abord vers la bouteille vide de bourbon, puis vers George. Il ne semblait pas somnolent et il n'avait jamais la gueule de bois. Ses yeux étaient limpides comme ceux d'un bébé.

— Bonjour, fils, dit George. Habille-toi. On va se marrer. On va vachement se marrer.

Comme presque toujours, Fred fit ce qu'on lui disait sans regimber, bien qu'il n'eût guère dormi plus d'une heure et demie. Ils burent du café instantané ensemble. George lui expliqua en détail ce qu'ils allaient faire et Fred écouta avec beaucoup de sérieux, en buvant de temps en temps une gorgée de caoua fumant et en opinant du bonnet quand George s'interrompait, pour l'encourager à continuer.

George n'était jamais aussi éloquent que lorsqu'il parlait à Fred. Sa propre voix lui paraissait inconnue. Ce n'était pas celle qu'il entendait lorsqu'il parlait à Betty, et certainement pas celle qu'il entendait lorsqu'il était invité – ce qui arrivait très souvent – dans des réceptions avec des universitaires. George avait ramassé un paquet de fric à Gainesville avec son University Auto Shop (en ville, on baptisait tout University Machin : University City Bank, University Enco Service, University Television Cable Co. Inc.) et, avec ses dix couseuses et ses six artisans tapissiers, il s'était fait des amis – ou, à tout le moins, des relations, qui le connaissaient de vue, de nom et professionnellement – à l'Université de Floride. Ce n'était pas par calcul, il ne l'avait même pas souhaité ; c'était arrivé comme ça. Quand on possédait une baraque à soixante mille dollars à Gainesville, on ne pouvait pas éviter la compagnie des professeurs. Et, de fil en aiguille, sans qu'il s'en aperçoive, il s'était retrouvé dans des cocktails, des dégustations de vins et de fromages ou des dîners avec des gens qui parlaient une langue étrangère, une langue pleine de noms comme Dante ou Fermi et de propos philosophiques, et proposaient des titres pour des monographies sur des mecs morts dans des terres lointaines et oubliés. S'il avait eu un peu de cran, se disait-il, il aurait snobé ces réceptions et ces gens. Mais il fallait qu'il pense à ses affaires. Ils avaient tous des bagnoles, même si c'étaient, une fois sur deux, des Volkswagen. Alors, il y allait, parfois en emmenant Precious et Fred à l'occasion.

— Et puis tu sais, fils, on se couchera dans les hautes herbes avec les jumelles de football et, quand le soleil commencera à dissiper la brume, on le verra voler en cercle et tomber en piqué des arbres, au loin, beau, rapide et méchant comme le péché.

Fred acquiesça et but son café. George écouta le silence s'installer dans le sillage de ses paroles. Des paroles qui s'écoulaient souvent en flot ininterrompu quand il était avec Fred. Il pouvait dire n'importe quoi. Parler de ses sentiments les plus profonds et les plus secrets. Il aimait ça, c'étaient des instants de vérité, les seuls pendant lesquels il appelait le môme *fils*, mais qui ne duraient pas, hélas. Si une tierce personne était présente, même sa sœur Precious, il n'osait pas. Il n'arrivait pas à retrouver cette intimité avec les rouages cassés et déconnectés du môme si quelqu'un d'autre écoutait. Dans ces cas-là, il l'appelait toujours Fred.

— Va chercher le rat, fils. Tu t'occupes du rat et je m'occupe du piège.

Le regard intelligent du môme lui brûla les yeux.

— Rat, dit George, rat.

Le môme se leva, s'étira, piocha adroitement une Pall Mall 100 et dit :

— Trou.

Quand George eut décroché le piège du mur du garage, le gosse était déjà dans la voiture. Il avait sorti le rat blanc de sa cage et attendait. George rangea le piège et le reste du matos – des gants de soudeur Red Rooster en cuir, une bobine de fil de nylon, une taie d'oreiller fendue dans un coin, du sparadrap, des bagues de cuir et une clochette de fauconnier en bronze – sur la banquette arrière et prit University Avenue à petite vitesse en direction de la 13e Rue, qui était aussi la route 41, se dirigea vers le sud et longea lentement les énormes bâtiments gothiques déserts de l'Université de Floride. Chaque fois qu'il approchait de l'université, il ressentait fortement la présence pesante de tous les livres contenus là et qu'il n'avait pas lus, de toutes les idées suspendues entre ces murs et qu'il ne connaissait pas, de tous ces gens qui s'exprimaient dans des langues étrangères et changeaient subrepticement de sujet quand il arrivait près d'eux pour lui demander, l'air de rien, s'il pensait pouvoir leur faire un prix pour changer la sellerie d'une Volvo 68.

Payne's Prairie était à une dizaine de kilomètres de l'Université de Floride sur la 41. Les rues étaient désertes, le soleil n'était pas encore levé. Fred tenait le rat sur ses genoux. La bestiole avait des yeux roses, une longue queue lisse et un petit museau mouillé qui lui reniflait les doigts. Fred lui caressait distraitement la tête avec son index. C'était un rat apprivoisé, acheté dans une animalerie, aussi apprivoisé qu'un chat, sinon plus, qui restait gentiment sur les genoux de Fred, content de son sort.

— C'est beau, les dimanches matin, dit George.

Il jeta un œil à Fred. Le môme, qui regardait par la vitre, se tourna vers lui et l'écouta attentivement. George ne croyait pas à ce qu'il venait de dire, il détestait la tranquillité désespérante et la vacuité des dimanches. Il se sentit obligé de s'expliquer :

— Le dimanche, la semaine est finie. On a toute la journée devant soi, on peut faire ce qu'on veut. Se lever tôt ou faire la grasse matinée et traîner au petit déj'. Avec un canard. Le magazine du dimanche.

Fred approuva. Un sourire compréhensif et encourageant apparut sur sa jolie bouche.

— Ou bavarder avec sa famille. Tu peux flâner. Le dimanche, c'est pour la famille. C'est un moment… un moment… (Il sentait peser sur lui le regard de Fred.) Un petit moment de paix, de bonheur. (Il lui tapota le bras.) On demande pas la lune, hein, fils ?

En attendant le mot unique qui allait sortir de la bouche du môme, il serrait le volant, saisi par une espèce d'angoisse, de trouille, un sentiment indéfinissable, aussi mince qu'une lame de rasoir et aussi dangereux, qui lui filait la nausée. Mais le môme ne dit rien. Il regarda de nouveau par la vitre, sans cesser de caresser le cou du rat avec son doigt. George fut tellement soulagé de ce silence qu'il faillit dire « merci mon Dieu », et il l'aurait dit s'il ne s'était rappelé qu'il n'y avait pas de Dieu. Il y en avait eu un dans son enfance, mais Il n'était plus là. Ça ne l'empêchait pas de continuer à dire « merci mon Dieu » et même de prier à l'occasion, mais pas ce matin, parce qu'on était dimanche et qu'il s'apprêtait à piéger un autre faucon cependant qu'une voix intérieure, qu'il n'arrivait pas à faire taire, lui murmurait : *Pourquoi affamer à mort un autre faucon ?*

La route 41 traversait une épaisse forêt – surtout des chênes et des pins. Ils étaient sortis des limites de la commune maintenant. Quand ils eurent dépassé le Fat Boy's Barbecue de Sonny, le Tom Sawyer Motor Inn, Cedar Acres Court et finalement les décombres calcinés de Karl's Hofbrau, les bois s'éclaircirent. La route descendait, maintenant, ils étaient dans Payne's Prairie, à trois bornes environ de la route Interstate 75, qui suivait un axe parallèle. Une brume dense recouvrait la campagne. Ils pouvaient à peine distinguer, au loin, les formes grises des voitures qui filaient sur l'Interstate. George ralentit et s'arrêta sur le bas-côté.

— Tu vois, fils, tout ça, c'était un lac, avant. Sur plus de vingt kilomètres. En longueur et en largeur. Il y a très, très, très longtemps, tout ce qu'on appelle aujourd'hui la prairie, c'était un lac. C'est pour ça que la route descend quand on arrive. Tout ça, là, c'était la berge.

George parlait d'une voix douce et Fred avait cessé de caresser le rat pour l'écouter.

— Il y avait des Indiens qui vivaient sur ces rives. (Il regarda le môme.) Ils sont morts maintenant. Pas seulement ceux qui vivaient en ce temps-là, mais toute la tribu, le dernier grand-père, le dernier père, le dernier fils. Il reste plus rien. Les animaux qu'ils chassaient ont tous disparu. Tous. Il en reste plus un seul sur cette terre, des animaux comme ça. Ils avaient des noms que tu saurais même pas prononcer.

Des noms que George lui-même ignorait. C'est pour ça qu'il ne les citait pas. Tout ce qu'il venait de dire au môme se trouvait sur une pancarte, deux cents mètres plus loin. Une pancarte en bois, sous verre, installée par la direction des Eaux et Forêts, département des Parcs naturels. George avait déjà raconté tout ça à Fred. Plusieurs fois. Mais, à voir briller les yeux du môme, à voir comme il buvait les paroles de George, personne ne s'en serait douté.

— Amène ton rat, fils, faut qu'on se prépare.

Le môme descendit de la voiture, puis attendit que son oncle ait sorti le piège, avec tout le matériel, et accroché les jumelles de foot autour de son cou. Ils dévalèrent le talus, jusqu'à une clôture en fil de fer, qu'ils durent escalader. Il y avait des panonceaux bleus sur la clôture, tous les cinquante mètres environ, stipulant que le territoire était un site protégé, une réserve naturelle d'oiseaux. Un risque calculé. S'il se faisait choper, il paierait l'amende. C'était le meilleur coin de la région pour attraper un faucon, et ce n'était pas parce qu'un crétin avait décidé d'en faire un site protégé pour les oiseaux qu'il allait se gêner. Site protégé ! *Protégé ?* Ça le foutait en rogne. Où il était, le *site protégé pour les humains* ?

Ils avaient trouvé un gué pour franchir le fossé inondé qui longeait la route de l'autre côté de la clôture, étaient passés sous un panneau publicitaire disant : HALL D'EXPOSITION DES PROFESSIONNELS DE L'AMEUBLEMENT, *moins 40 % sur les grandes marques*, et traversaient maintenant une vaste plaine de fleurs jaunes et violettes. George s'arrêta et tendit l'oreille, à l'affût d'un bruit quelconque dans le champ de fleurs. Puis, il retourna vers Fred derrière lui.

— Fils, dit-il, le monde est un tas de merde. Retiens bien ça. Le monde est un tas de merde.

Ça lui remonta un peu le moral et il suivit un chemin d'ombre en direction de l'est. Fred lui emboîta le pas, tranquille, en serrant tendrement le rat dans ses mains. La brume se levait peu à peu. Au loin, l'horizon était un sombre mur d'arbres, formant un grand cercle autour d'eux selon le contour de l'ancien lac.

À mesure qu'ils avançaient, les lointains s'éclaircissaient. Bientôt, une fine lèvre de soleil apparut au-dessus de la prairie. Leurs visages furent baignés de lumière. Ils plissèrent les yeux. Alors qu'ils marchaient à grandes enjambées, ils s'immobilisèrent au même instant pour contempler le disque solaire qui s'élevait au-dessus des arbres, à l'horizon. George éprouva le besoin de faire quelque chose, mais il ne savait pas quoi. Pour quelque raison vague et indéfinissable, il était gêné. Le sang lui monta au front quand les premiers rayons obliques s'accrochèrent aux fleurs jaunes et violettes. Il pouvait entendre la respiration patiente du môme derrière son épaule.

Le rat couina. Un petit bruit de rien du tout. Aigu et sec. George détourna les yeux du soleil et regarda alentour. Ils étaient peut-être à trois cents mètres de la rive nord de l'ancien lac. Les arbres étaient très drus par là-bas. Il savait qu'un couple d'éperviers y nichait. Quelque part dans les hautes branches, ils scrutaient la prairie en ce moment même et l'observaient peut-être, lui aussi, debout parmi les fleurs avec le môme.

— On va installer le piège, dit-il.

Il s'agenouilla, arracha quelques fleurs et touffes d'herbe, et regarda Fred. Le gosse et le rat contemplaient toujours le soleil étincelant suspendu au-dessus des cimes lointaines. À nouveau, George se sentit gêné – gêné comme s'il avait quelque chose à cacher, une honte à voiler devant ce garçon dont la seule réaction, *de toute façon*, serait au mieux et au pire un mot unique complètement hors sujet. Mais la gêne était là, c'était plus fort que lui.

Il désigna le fil de nylon.

— Attache-le.

Fred le considéra d'un œil fixe, sans rien faire. Ils avaient attrapé deux éperviers ensemble. Tous deux étaient morts de faim. Ce n'était pas *lui* qui les avait affamés ; la nourriture était sur son poing, ils n'avaient qu'à la prendre. Ils avaient le choix, ils avaient préféré mourir. Il se demanda si Fred se souvenait des oiseaux qu'ils avaient pris ensemble. Il se demanda s'il se souvenait de quoi que ce soit. Peut-être que chaque instant était nouveau dans son monde. Le passé s'effaçait, l'avenir était sans espoir. Peut-être était-ce pour ça que les mots n'avaient pas d'effet sur lui. Il ne fonctionnait qu'avec les mains et les pieds, selon un temps et un espace mesurables. Au-delà… rien.

— Attache le rat, fils, dit George.

Il sortit de sa poche un piquet de bois qu'il ficha en terre, au centre de la parcelle qu'il avait partiellement dégagée. Puis il posa son canif à côté du fil de nylon et entreprit de tendre les rets pendant que le môme attachait le rat. Le piège était simple et efficace. Si un faucon venait prendre le rat, le piège prenait le faucon. Ça ne ratait jamais. George était extrêmement fier de son piège. Il l'avait fabriqué d'après un schéma vu dans un livre. Dès le début, il avait tenu à réaliser lui-même tout le matériel de fauconnerie. Ne rien acheter. Et, de tout ce qu'il avait confectionné – bagues, laisses, perchoirs –, le piège était ce dont il était le plus fier. Il était fait d'un fin maillage de nylon – presque de la gaze, tellement c'était fin – tendu sur une armature circulaire à charnière, à peu près du diamètre d'une barrique. La charnière était retournée et le piège maintenu au sol par un piquet. Deux ressorts de porte paravent rabattaient le filet sur le faucon lorsque celui-ci arrivait en sifflant pour se saisir du rat et libérait du même coup une détente en nylon dissimulée sous la proie qu'il soulevait.

Le rat criait. Des taches de sang vermillon apparurent sur le pelage de ses pattes arrière que le môme ligotait, précis et méthodique, avec du fil de nylon. Le petit museau rose de la bestiole bâillait et mastiquait dans le vide, mais, à aucun moment, elle n'essaya de mordre le môme et, à aucun moment, il ne parut prêter attention à ses cris, ni voir le sang, ni se rendre compte que c'était lui qui provoquait tout ça.

Il n'y avait pas à chipoter. Il fallait ligoter solidement le rat, sinon il risquait de détendre le piège en gigotant. Et puis, les cris étaient utiles. Les faucons avaient l'ouïe affûtée. Presque aussi affûtée que leur vue. Et le sang pouvait aider aussi. Alors George laissa faire et se concentra sur le piège.

Quand il eut fini, c'était déjà trop tard. Il savait que c'était trop tard. Le soleil était trop haut. Ils ne prendraient pas de faucon aujourd'hui. Mais, s'ils renonçaient maintenant, il n'avaient plus qu'à rentrer à la baraque. Precious serait levée à cette heure. Avachie dans son peignoir rose, en train de lire son magazine du dimanche, *Family Weekly*, l'œil rivé sur la première page intérieure, celle où des gens célèbres répondaient aux questions des lecteurs. C'était une rubrique intitulée *Interrogez-les vous-même*. Elle aimait lire les questions à voix haute et lui demandait de deviner les réponses. Il ne trouvait jamais, c'était impossible à deviner, mais elle refusait de lui lâcher la grappe tant qu'il n'avait pas essayé.

— Viens, dit-il au môme, on va attendre par là-bas.

À cet endroit, le lit de l'ancien lac avait plus de seize kilomètres de large. Ils marchèrent vers le sud, en direction d'un bouquet isolé de palmiers rabougris, à cinq cents mètres de là. Les jumelles étaient bonnes ; ils distingueraient bien le piège. Ils marchèrent côte à côte, en shootant dans les corolles. George posa la main sur l'épaule du môme.

— On serait sous l'eau maintenant, dit-il.

Il lui serra l'épaule. Fred dirigea sur lui son regard franc et intelligent. George avait l'impression d'être un éclopé à côté de lui, qui se jouait des accidents du terrain, semblait flotter plus que marcher sur les touffes d'herbe et les fleurs. Ses genoux se mouvaient en souplesse, comme des pistons. Quand George cessait de parler, il entendait le rat couiner derrière eux.

— On verrait nager des poissons.

Il pointa l'index sur Fred.

— Tu serais un poisson toi-même. Bien obligé

parce que tu serais sous quinze mètres de flotte. D'eau. De l'*eau*.

Il scruta ses yeux pleins de sagesse.

— Dis-le, dis *eau*. Ooooo.

Le môme fit quatre pas en le toisant et dit :

— Feu.

Si Precious avait été là, elle serait tombée sur le cul. Parfois, le môme disait le contraire de la chose indiquée et, pour Precious, un contraire valait un mot juste. Même George était un peu bluffé, dans ces cas-là. Mais il savait que ça ne voulait rien dire. Le môme le toisait toujours, mais en sifflotant maintenant une mélodie informe et en faisant de petits gestes précis avec sa main droite, comme pour faire sautiller une pièce dans sa paume.

Ils s'assirent dans l'herbe sous les palmiers. George se pencha en arrière et regarda le ciel à travers les frondaisons. Il repensa à ce qu'il venait de dire : l'eau, les poissons. Il trouvait l'idée chouette. Être un poisson. Nager dans la fraîcheur, au-dessus d'un fond sablonneux, fureter dans des ondulations vertes, voir les canoës des Indiens voguer sur le toit du monde en projetant des ombres à travers les eaux. Les poissons ne savaient pas ce que signifiaient ces ombres, ils s'en foutaient.

Indifférent à sa propre voix, tranquille, il répéta au môme ce qu'il lui avait déjà raconté cent fois :

— C'est Payne's Prairie, ici. Un lieu-dit qui tient son nom du chef séminole King Payne. Mais, bien sûr, c'est pas un Indien de la tribu disparue dont je t'ai parlé. C'est un Indien récent. Mais mort aussi. Il a été tué par les soldats du colonel Newman en 1812. Tu vas me dire qu'un Indien tué en 1812 est pas exactement un Indien récent, hein ?

Ses yeux errèrent sur le môme, dont la silhouette se découpait sur le ciel et qui l'observait attentivement.

— Ben pourtant si. Cent soixante ans, c'est rien. Rien. Ce lac, que tu vois là, a quelque chose comme cent ou deux cent *mille ans*. T'imagines un peu ? Cent ou deux cent mille ans. À côté de ça, cent soixante ans, c'est rien. Rien.

George avait quarante-trois berges. L'idée qu'on puisse être déjà vieux après un temps aussi ridiculement bref le fit frissonner. Quarante-trois berges, c'était à la fois moins que rien et la moitié d'une vie d'homme.

— Ils cultivaient du blé ici pendant la guerre de Sécession. Et vingt ans après, ils ont arrêté le blé et c'est redevenu un lac, avec des gros bateaux à roue, des vapeurs, qui naviguaient dessus. Tu vois, y a un trou d'évacuation en pierre à chaux, là. Si ce trou se referme, le lac se remplit et, quand on le débouche, ça se vide et c'est de nouveau une prairie. Ça s'est vidé et rempli comme ça pendant très, très longtemps…

Il médita.

— Mais ça peut plus se reproduire…

Il observa le môme.

— Y a l'Interstate qui passe là, maintenant.

Tu comprends bien qu'on peut pas laisser le lac se remplir avec l'Interstate au milieu. Alors, la flotte est régulée par des pompes et des canaux.

Tout ce qu'il disait là était écrit sur la pancarte de la direction des Eaux et Forêts, département des Parcs naturels. Même la régulation des eaux par pompage et canalisation y était mentionnée. C'était d'ailleurs l'ouvrage dont ils étaient le plus fiers. Ça se voyait à la place qu'occupait le paragraphe sur la pancarte. C'était un parc naturel et, nom de Dieu, ça le resterait. Naturel… avec mille pompes qui turbinaient jour et nuit.

Tout ça lui sapait le moral. Il n'avait plus de plaisir à regarder le ciel, maintenant qu'il s'était mis à penser aux pompes. Il n'avait plus envie de se prendre pour un poisson dans un endroit où il n'y aurait plus jamais de poissons, même dans les cent ou deux cent mille ans *à venir*. Tant que Sears vendrait des pompes à eau, la direction des Eaux et Forêts continuerait à les faire tourner. Pendant un milliard d'années.

Il se redressa, impatienté, et tendit les jumelles au môme.

— Surveille le piège, fils.

Fred porta les jumelles à son nez, mais pour regarder l'Interstate. George les lui reprit et les braqua vers le piège. Il avait du mal à le repérer dans les herbes mouvantes et les fleurs, alors il se leva. Ça ne servait à rien, de toute manière. Ils avaient trop attendu, le soleil était trop haut. Quand il localisa le piège, cependant, son cœur cogna dans sa poitrine. Il était rabattu. Mais il n'y avait pas d'épervier dedans. C'était autre chose. Quoi ? Difficile à dire, à cette distance. Le maillage de nylon frémissait et tressautait. Un animal ? Probablement un chat domestique qui s'était aventuré dans la prairie. George soupira. Avec sa veine, c'était sûrement un putain de chat. Qui avait bousillé son piège et boulotté son rat. Merde, tiens. Il ne lui restait qu'à le libérer et à rentrer à la maison se faire emmerder avec les questions de *Family Weekly*.

5

— Question pour Doris Day.

Precious était assise devant la table de la salle à manger, en peignoir rose, quand il entra. Il y avait une tasse de café froid devant elle, avec quelques granulés de lait en poudre (seulement onze calories par cuillerée) qui flottaient dedans. Precious était en guerre permanente contre son poids. Elle pensait qu'Alonzo, le père du môme, reviendrait un jour. Et Alonzo n'avait jamais supporté les grosses.

— Question pour Doris Day. Qu'avez-vous préféré chez Rock Hudson ?

— Pas maintenant, Precious.

— Essaie de deviner.

— Pas maintenant.

— T'as bien une minute.

— Il est si grand que…

— Non, cria-t-elle. Ses cheveux.

— Quoi ?

— C'est pas sa taille, c'est ses cheveux.

— Ses cheveux ?

— Doris dit que c'était un talent supplémentaire chez lui.

George cessa de marcher de long en large, et la regarda sans comprendre.

— Ce qu'elle préférait, c'étaient les cheveux, dit Precious.

— Quels cheveux ?

— Les cheveux de Rock.

— Rock ?

— Rock Hudson.

— Ah, dit-il, d'accord.

Precious reprit sa lecture.

— Question pour le général Westmoreland. Combien y a-t-il eu de morts au total pendant la guerre ?

Il s'approcha d'elle, lui arracha le magazine des mains et le referma.

— J'ai un autre faucon, dit-il.

Elle ne sembla pas piger tout de suite. Il voyait des rouages se mettre lentement en place derrière ses yeux bleu délavé. Peu à peu, le général Westmoreland s'effaça pour faire place à un battement d'ailes. Puis au tintement de la clochette de bronze dans la penderie. Elle avait saisi.

— Oh, George, dit-elle, tu recommences ?

Elle n'aimait pas ça. Elle avait toujours été contre. Tout le monde était contre. Tout le monde sauf le môme. Fred était le seul.

— Celui-là, c'est différent, répondit George.

— Tu dis toujours que c'est différent et c'est toujours pareil.

— Sur le siège arrière de la bagnole. Va voir.

— Qu'est-ce qu'il y a sur le siège arrière ?

— Le faucon.

— Oh, George.

— C'est pas un épervier, ce coup-là. Tu comprends pas.

— George, j'en ai marre de tes histoires.

Il vit qu'il n'y avait rien à en tirer. C'était trop lui demander que de solliciter ses méninges deux fois de suite en moins d'une heure. Elle faisait une fixation sur les deux faucons précédents, leur aspect, leur enfermement dans la penderie du hall, leurs cris étouffés et leur mort lente. C'était tout ce qu'elle voyait, tout ce qu'elle entendait pour le moment. Elle repiqua du nez dans *Family Weekly*.

— Question pour Gore Vidal. J'ai entendu dire que vous étiez partisan de la candidature de Ralph Nader à l'élection présidentielle. Qu'est-ce qui vous fait penser qu'il a une chance ?

— J'ai besoin du cuir pour faire des bagues plus solides, dit George. Les bagues des éperviers tiendront pas avec celui-là.

— Qu'est-ce qui te fait penser que Ralph Nader a une chance ?

Il soupira. Elle ne bougerait pas tant qu'il n'aurait pas deviné.

— Il appartient à la génération montante, répondit-il en citant une des propres phrases de Betty en désespoir de cause.

— Non. (Elle lut la réponse dans le magazine.) Nader incarne le changement et l'optimisme de sang-froid. (Elle le regarda d'un air satisfait.) C'est ce que dit Gore.

— Où est le cuir ?

— Je préférerais que tu arrêtes avec ça.

— Je sais que ça te plaît pas. Mais c'est comme ça.

— C'est pas une raison pour me parler sur ce ton, dit-elle. (Dans une minute, elle allait chialer.) Je ne supporterai pas d'avoir encore une de ces bestioles dans la penderie. À entendre sa clochette toute la journée. Le voir dépérir. Et mourir.

— Celui-là n'ira pas dans la penderie.

— Où…

— J'ai pas le temps de discuter maintenant. Fred le surveille dans la bagnole. Il est dangereux.

— Dangereux ?

— Il peut mourir. Ou il peut lui arracher la main.

— Lui arrach…

— Nom de Dieu, Precious, où t'as foutu mon cuir ?

Elle se leva, une main sur la hanche qu'elle disait arthritique, et se mit lentement en mouvement.

— Je vais te le chercher. Te gêne pas, va, continue à parler à ta sœur comme si c'était une rien du tout…

Gagné. Voilà qu'elle chialait. Pire, elle s'était mise à parler d'elle à la troisième personne en disant « ta sœur ». Quand elle commençait comme ça, elle geignait toute la journée.

— … ta sœur sait bien qu'elle est une rien du tout. Maltraitée toute sa vie. Te gêne pas…

Elle le rejoignit dans le hall avec la large bande de cuir qu'il utilisait pour fabriquer ses bagues et ses laisses. Il prit le cuir et elle le suivit dans l'allée, en pleurnichant toujours. Il l'aimait mais, bon Dieu, ce qu'elle pouvait être chiante.

Il avait espéré qu'elle ne le suivrait pas jusqu'à la voiture. Tu parles, elle lui colla au train en traînant les pieds dans ses savates et en râlant contre le monde entier, qui la maltraitait depuis le jour de sa naissance. Le môme ne surveillait pas le faucon. George le lui avait demandé, mais il ne faisait rien. Il se tenait droit sur son siège et regardait devant lui, prêt pour une balade dans la campagne. Le faucon était derrière. George ouvrit la portière et considéra l'oiseau en s'efforçant de paraître sûr de lui, comme s'il savait ce qu'il avait à faire. Sa sœur s'appuyait sur son épaule pour essayer de voir.

— Punaise, dit-elle en apercevant enfin le rapace.

— C'est un gros.

— Ce sang…

Sur le siège avant, le môme ne bronchait pas. Il ne leur montrait que l'arrière de sa tête.

— Il s'est cassé quelques plumes. Les grandes plumes des ailes font saigner. Mais c'est surtout le sang du rat. Surtout le sang du rat.

— C'est affreux, dit sa sœur en se forçant à regarder. Qu'est-ce que tu vas faire ?

— Je vais le dresser.

Il se sentait tout con.

— Tu dis toujours ça, reprit-elle. Depuis le temps, je le sais. Mais maintenant, là, qu'est-ce que tu vas faire ? Maintenant, tout de suite, qu'est-ce que tu vas faire avec *ça* ?

Elle se penchait dans la voiture en pointant le doigt. Elle fit mine de toucher l'oiseau mais, au dernier moment, se rétracta.

— Pas d'affolement, dit-il. J'assure.

Il n'assurait pas du tout. Il n'assurait rien. Dans sa chambre, il y avait un livre de six cents pages intitulé *L'Art de la fauconnerie*, écrit par l'empereur Frédéric II, il ne savait plus à quelle époque, et un autre intitulé *Les Clochettes du faucon* écrit par il ne savait plus qui. Il les avait lus, ces livres, il en avait rêvé, il les avait étudiés. Mais, tout à coup, les pages, les caractères, les recommandations se mélangeaient dans sa tête, tournaient en mélasse gluante et insaisissable. Qu'est-ce qu'un livre en regard d'un faucon réel ?

— Il y a vachement de sang, dit-elle, puis : Malheur, il est encore vivant, ce rat ?

Oui, le rat vivait encore et George en avait l'estomac retourné. Il avait songé à l'achever dans la prairie, mais sans conviction, et avait finalement renoncé. Il aurait pu demander au môme de le tuer. Il n'aurait eu qu'à lui passer son couteau de poche en disant : « Coupe-lui la gorge » et Fred se serait acquitté de la besogne vite et bien, sans plus d'émotion que lorsqu'il lui caressait la tête avec son pouce. Mais il n'avait pas pu s'y résoudre non plus. Ça lui semblait vraiment minable de se décharger du sale boulot sur un gosse qui ne savait pas ce qu'il faisait. Alors il avait laissé le rat souffrir, tout en sachant que la pauvre bête devait déguster un maximum, empalée sur la serre du faucon.

— Ça me dégoûte, dit sa sœur.

— T'as qu'à rentrer à la maison, dit-il.

— Je crois que je vais tourner de l'œil.

Il savait que ce n'était plus le moment de tchatcher et qu'il devait s'occuper de l'oiseau. Elle ne pensait pas ce qu'elle disait, de toute manière. Ce n'était qu'une réaction standard parmi toutes celles qu'elle avait en stock. Il n'avait aucun doute sur ce qu'il avait à faire, il séchait seulement sur la façon de procéder. Il avait laissé le faucon dans le treillis de nylon et avait collé du sparadrap autour pour l'immobiliser, lui bloquer les ailes et éviter qu'il ne se brise d'autres plumes en gigotant.

Le tout formait une espèce de balluchon sur la banquette, d'où dépassaient, d'un côté, deux énormes serres et, de l'autre, une tête. Les deux pattes étaient encore agriffées au rat. C'était incroyable que le rat soit encore en vie. Son museau rose béait en silence et ses yeux étaient vitreux. Mais ses flancs blancs pompaient comme de minuscules soufflets, et George voyait son cœur palpiter entre ses pattes avant.

— Rentre avec le gosse, dit-il.

— Écoute, ça me dégoûte, mais je peux peut-être t'aider si…

— Non. Prends le gosse et rentre à la maison.

Il ne voulait pas qu'elle le regarde. Il ne voulait pas que quiconque – pas même le môme – le regarde maintenant. Il avait peur que l'oiseau ne meure. Il n'avait pas l'air en grande forme, tel qu'il le voyait là. Avec cette chaleur, il semblait à deux doigts de caner.

Precious ouvrit la portière.

— Viens, chéri.

Fred ne regarda pas sa mère.

— Allez, viens, je vais te lire des histoires drôles.

Alors Fred sortit de la voiture, bien que George eût la conviction qu'il se foutait éperdument des histoires drôles. Le moment était assurément mal choisi mais, pour la dix millième fois, George se demanda ce qui poussait le môme à accomplir quelque action que ce fût. Le faucon gisait sur la banquette, avec son bec jaune et crochu grand ouvert à cause de la chaleur, sa petite langue cartilagineuse qui vibrait comme un diapason, son sang étincelant qui imbibait le sparadrap, et pourtant George restait planté, sans bouger, obnubilé par cette sempiternelle question : qu'est-ce qui faisait réagir le môme ?

Viens, chéri et il n'avait pas bronché. *Allez, viens, je vais te lire des histoires drôles* et, aussi sec, il s'était extirpé en souplesse de la bagnole pour se diriger vers la maison, motivé par un mystère insondable. Lequel de ces mots l'avait touché ? Personne ne le savait. Personne ne le saurait jamais. Ça devait être génial d'être entouré d'une sorte de mur, comme ça. Un mur d'irrationnel impossible à pénétrer. C'était la vraie liberté, au fond.

Le faucon fit un bruit. Un peu comme une poule. Le même genre de bruit. Un caquètement bref, une sorte de « couic » étranglé. D'après les illustrations qu'il avait vues, il savait qu'il avait capturé une femelle rouge-queue. Mais il ne s'était pas attendu à l'entendre caqueter comme une poule. Il y avait quelque chose d'obscène dans ce « couic » craintif de basse-cour qui sortait du bec crochu d'un oiseau de proie. George était sûr que le faucon souffrait de la chaleur et que, s'il ne le mettait pas tout de suite dans un endroit plus frais, il le perdrait.

Il le souleva et, le tenant à deux mains, l'emporta derrière la maison dans un patio en ciment construit au-dessus d'un ruisseau. Il le déposa sur une table en fer forgé à côté du gril et alla chercher le cuir. Il découpa de nouvelles lanières, d'une trentaine de centimètres, et les attacha à un pivot en cuivre, lui-même attaché à une laisse d'un mètre environ. Puis il tailla une autre petite pièce de cuir pour accrocher la clochette. Il était fin prêt. Mais comment procéder ? Le faucon était toujours emmailloté dans le piège et le sparadrap. Et le rat vivait encore. George se pencha et tâta délicatement le flanc du rat. Ça palpitait, il s'obstinait à vivre. Il ne voulait pas mourir.

Mais ça viendrait. S'il ne mourait pas tout de

suite, ce serait dans une heure ou deux. Les serres du faucon le perçaient de part en part. Il regretta de ne pas avoir demandé au môme de l'achever dans la prairie. Maintenant, il serait obligé de le faire lui-même. Il ne pouvait pas baguer l'oiseau sans se débarrasser d'abord du rat. Et ses lectures lui avaient enseigné que, lorsqu'un faucon serrait une proie, il était impossible de la lui faire lâcher. Il sortit son couteau de poche, l'ouvrit et, sans hésiter, sans gamberger, trancha la gorge du rat, qui fut secoué de tremblements. Le sang gicla du pelage blanc sur les pieds du faucon. Quelque chose se dénoua en George. C'était fait. Le sang coulait. Et Dieu que ça pissait ! Il avait été pris par surprise, il en avait plein les doigts. Gluant et chaud. Plus que chaud. Brûlant.

Il coupa le rat en deux. Il appuya avec sa lame sur la petite colonne vertébrale jusqu'à ce qu'elle se casse comme une allumette. C'était facile, maintenant. Ses mains étaient couvertes de sang, c'était facile. Le faucon tenait une moitié de rat dans chaque serre. Il n'y avait pas trente-six choses à faire, il fallait extraire la bestiole au couteau, sinon il n'arriverait jamais à enfiler le cuir. Il trancha encore dans une moitié de rat, celle qui contenait les boyaux.

— Question pour l'ours d'Andy Williams.

Sa sœur l'avait rejoint en douce avec le *Family Weekly*.

— J. J. Brown, de Biloxi, Mississippi, demande : Qui êtes-vous ? Comment avez-vous commencé ?

Est-ce que le costume d'ours est confortable ? Aimez-vous vraiment les cookies ?

Il attendit qu'elle ait fini de poser ses questions, puis fit un pas de côté et se retourna. Les yeux de Precious se posèrent d'abord sur le rat charcuté, puis sur les paumes ensanglantées de George. Sa mâchoire se déboîta. Un filet de salive dégoulina sur son menton. Ses deux mains se portèrent à sa bouche, le *Family Weekly* vola par-dessus sa tête et elle courut se planquer derrière le coin de la maison.

George inspira profondément et pensa avec satisfaction : *Il repassera, l'Andy Williams, avec son ours.*

6

George disait ceci à Billy Bob dans la chambre de Fred :

— Quand un faucon comme ça se pointait, ma grand-mère enfermait toutes les poules. Sauf une : elle lui foutait du poison sur la tête et elle la lâchait dans la cour. Le faucon fonçait dessus et la chopait. Et on le revoyait plus jamais.

— J'te crois, dit Billy Bob.

Debout devant la fenêtre avec les jumelles, il regardait le faucon, que George avait installé près du ruisseau derrière la maison. Fred était assis sur le bord de son matelas à eau et biberonnait du whisky-soda.

Il avait fallu près de trois heures à George, muni de gants de soudeur, pour dépiauter le sparadrap et le filet de nylon, enfiler le faucon dans la taie d'oreiller percée d'un trou pour la tête, cisailler ses plumes brisées, le baguer et lui accrocher la clochette. Le travail fini, il avait encouragé le môme à observer le faucon aux jumelles, mais Fred avait préféré chasser des écureuils dans les arbres. Precious avait dit qu'elle ne voulait plus voir aucun oiseau d'*aucune* espèce et que les doigts de George sentiraient le rat pendant des jours. Il n'y avait rien de plus tenace que l'odeur de rat, avait-elle affirmé. Alors George avait appelé Billy Bob et lui avait demandé s'il voulait voir quelque chose de beau.

— T'en as encore un dans ton placard ? avait dit Billy Bob au téléphone.

— Pas exactement. Celui-là, je l'ai attaché à une souche.

— Un oiseau attaché à une souche ?

George avait entendu un bruit de succion et le crissement d'un clou entre les dents de Billy Bob. Il avait failli lui dire de laisser tomber et raccrocher, mais il voulait que *quelqu'un* voie son faucon. Sa « fauconne ». Elle était si belle ! C'était à te couper le souffle.

— Amène-toi, avait-il dit. Faut que tu voies ça.

— Et Precious, qu'est-ce qu'elle en pense ?

Billy Bob n'accrochait pas trop avec Precious. Il disait qu'elle s'était desséchée prématurément. Il disait que ce n'était pas naturel pour une femme de se dessécher si jeune.

— Amène-toi. Precious s'est enfermée dans sa piaule.

Mais Precious avait accueilli Billy Bob à la porte, en disant :

— J'ai gerbé trois fois. George a du rat plein les mains. C'est dégueulasse. C'est pire que de le laisser crever de faim dans la penderie. Seigneur.

Puis elle l'avait suivi dans la chambre. Et elle y était toujours. Elle le regardait regarder le faucon.

— Tu l'as attaché par les pattes, c'est ça ? disait Billy Bob, les yeux dans les jumelles.

— Je l'ai bagué, dit George. Ça s'appelle « baguer ».

— Tu l'as bagué à une souche, c'est ça ? (Billy Bob posa les jumelles et regarda le môme, dont les mirettes étincelaient sous l'effet du whisky.) Tu crois qu'il me filerait un gorgeon ?

— Fred serait ravi de trinquer avec toi, dit Precious. (Elle sauta sur ses pieds, fonça dans le placard et versa quatre doigts de whisky dans un verre ballon. Billy buvait le whisky sec et sans glace.) N'est-ce pas, Freddy ?

— Poussière, dit le môme.

Il avait les yeux dans le brouillard, mais le mot tomba net et précis de sa bouche, comme une pierre.

George vit Billy Bob rougir quand le môme parla. Billy Bob était fasciné par Fred. Precious l'invitait souvent, pour le faire boire avec Fred. Il s'assit, avala une gorgée de gnôle et lorgna le môme. George se sentait plus solitaire et mélancolique que jamais. Alors, bien que sachant que personne n'écoutait, il se mit en devoir d'expliquer à Billy Bob comment on procédait en fauconnerie. On pouvait affamer l'oiselle jusqu'à ce qu'elle soit trop faible pour résister. Quand elle était à bout de forces, tu la faisais percher sur ton poing pour becter. Ça lui apprenait à rester sur ton bras sans s'envoler. Si elle s'envolait, tu la faisais jeûner encore. Le seul emmerdement avec cette pratique, c'était que tu perdais beaucoup d'oiseaux, parce qu'ils crevaient de faim. Il y avait une autre technique d'affaitage – parce que ça s'appelait comme ça, « affaitage », ça voulait dire apprivoiser le faucon jusqu'à ce qu'il s'habitue à son maître – qui consistait à l'attacher par une patte à une souche, avec une laisse d'un mètre environ, dans un endroit isolé. Et tu le laissais là. Au bout de deux jours, tu venais et tu déposais un bout de barbaque. Mais il fallait se pointer tout doucement, en tournant la tête et sans lui parler.

— Elle, dit Billy Bob.

Il ne l'avait pas regardé. Il avait les yeux rivés sur le môme, et George, bercé par le son de sa propre voix qui lui apprenait ce qu'il savait déjà, avait oublié que quelqu'un d'autre écoutait.

— Quoi ? fit-il.

— Elle, reprit Billy Bob, toujours obnubilé par le môme qui venait de s'envoyer une prodigieuse lampée de whisky. T'as dit *elle* en parlant du faucon. T'as dit plusieurs fois *elle*.

— Le mâle ne vaut rien, expliqua George. Si j'avais attrapé un mâle, je l'aurais pas gardé.

— Où tu regardes pour voir ça sur un oiseau ? demanda Billy Bob, en laissant dériver ses yeux vers Precious.

Dans la bouche de Billy Bob, il n'y avait aucun doute possible sur le sens du *ça*. Un jour, il pousserait le bouchon trop loin. Precious, assise à côté de Fred, s'était raidie. Ses lèvres pincées rappelaient à George celles de Betty quand elle feignait l'orgasme. Alors il pensa à cet affreux instant dans le noir (indéterminé dans le temps, mais à coup sûr dans le noir, il en était certain), vingt-deux ans plus tôt, quand Fred avait fusé comme un crachat virevoltant de son père disparu. Il tira sur son cou pour respirer. Quel dimanche... Un après-midi mortel. Il ne supportait plus ça. Mais il fallait bien. Il n'avait pas le choix. Billy Bob attendait sa réponse.

— Ça se reconnaît à sa taille. Et à son plumage aussi.

— Sa taille, dit Billy Bob.

— La femelle est à peu près trois fois plus grande que le mâle chez les oiseaux de proie. Elles chassent mieux.

— C'est vrai ?

George craignit qu'il ne se mette à lui expliquer que ce n'était pas naturel. Mais il se contenta de guigner son godet, qui était maintenant vide, et Precious s'empressa de le lui remplir. Billy Bob reluqua son cul pathétiquement plat pendant qu'elle s'affairait ; il avait souvent dit à George que c'était un joli brin de femme et que c'était vraiment dommage qu'elle se soit desséchée si tôt. George n'avait pas envie de le voir mater le cul de sa frangine et il reprit illico les jumelles pour observer le faucon.

— Comme je te le disais il y a une minute, poursuivit-il sans baisser les jumelles, tu reviens au bout de deux jours et tu déposes un peu de barbaque. Mais tu la regardes pas. Tu la regardes jamais. Les yeux de l'homme terrifient les faucons.

— Tu peux jamais la regarder ? dit Billy Bob.

— Non. Jamais dans les yeux.

— Ça me plairait pas d'avoir un animal que je peux pas regarder dans les yeux.

Les dents de Billy Bob cliquetèrent. Il avait encore dû se cloquer un clou dans la bouche.

George restait résolument chevillé aux jumelles.

— C'est pas facile à dresser, les faucons. Faut pas se gourer. Et ça, justement, ça fait partie des trucs qu'on doit pas faire.

Ça le déprimait de lui parler de ça, parce que Billy Bob était vraiment trop con. Un génie avec ses mains, mais con comme ses pieds. Il était capable de tout, sauf de penser. Ils avaient grandi ensemble à Bainbridge, en Géorgie, où Billy Bob s'était taillé une réputation de bricoleur universel. Il pouvait fabriquer tout ce qu'on voulait. Il touchait sa bille en ébénisterie, était un as en maçonnerie d'intérieur, excellait en plomberie (il avait installé la moitié des sanitaires de Bainbridge), savait découper le cochon comme pas deux et faisait des saucisses du feu de Dieu. Il était aussi bouilleur de cru. Il avait commencé à faire son beurre avec des pièces détachées de voiture et des harnais de mule. Il était à peu près du même âge que George – cinq ans de plus – et George l'avait embauché quand il avait ouvert son atelier de sellerie auto. Billy Bob n'y connaissait absolument rien, il n'avait jamais posé un capiton sur mesure mais, au bout d'un mois, on aurait juré qu'il avait fait ça toute sa vie. Maintenant, tous les employés étaient de Baindbridge, les couseuses, les assembleurs, les coupeurs, tout le monde. Tout le monde sauf Betty, qu'il avait engagée depuis un peu moins d'un mois. Les jumelles toujours vissées sur le nez, il s'imagina qu'il racontait tout ça à Betty et non à Billy Bob qui s'en foutait, ni à Fred, qui était saoul, ni à sa sœur arthritique, qui ne voulait parler que du rat.

— Elle a déjà appris à percher sur la souche, dit-il.

Derrière lui, Billy Bob rota et il entendit le glaçon tinter dans le verre de Fred.

— Donc tu lui apportes sa viande tous les jours, mais tu la regardes pas. Et, chaque jour, en t'approchant, tu fais un bruit avec la bouche, toujours le même. Tu sifflotes un petit air, par exemple. Ou tu roucoules.

— Tu roucoules ? demanda Billy Bob en gloussant et en faisant ferrailler sa cloutaille entre ses dents.

L'alcool lui montait au nez. Généralement, Fred torchait Billy Bob en moins d'une heure. Billy Bob essayait toujours de se régler sur la descente de Fred. C'était naturel, quand on trinquait avec quelqu'un, d'essayer de suivre sa cadence. Sauf que, avec Fred, ça tournait vite à la mission impossible. On ne voyait pas son esprit s'embrumer, il n'en avait pas ; on ne voyait pas ses perceptions s'altérer, elles étaient indéchiffrables. Si tu voulais te mesurer avec Fred dans un concours de beuverie, tu étais mort.

— Et tu roucoules de la même manière, continua George comme s'il n'avait rien entendu, chaque fois que tu t'amènes avec de la nourriture. Bientôt, tu t'aperçois que le son la calme. Ça l'apaise. Ça te permet de la fidéliser avant de la laisser voler en liberté, pour qu'elle se tire pas. Progressivement, disons en trois ou quatre jours, tu la rapproches de la maison. Et, au bout de dix jours, il faut qu'elle soit capable de rester immobile sur la pelouse même quand quelqu'un passe à côté.

— Mais sans eau, dit Precious.

— Hein ? dit Billy Bob.

— Sans eau, répéta-t-elle. Pendant tout le temps qu'on les a laissés jeûner dans la penderie, on leur a jamais donné d'eau à boire.

— Ah, ben, ça m'étonne pas qu'y sont morts, dit Billy Bob en poussant un long soupir alcoolisé. Essaie de lui filer un peu de flotte, à celle-là, elle durera plus longtemps.

— Les oiseaux de proie ne boivent pas d'eau, dit George. Sauf s'ils sont malades. Ils boivent un peu s'ils sont malades.

— Tout le monde boit de l'eau, affirma Billy Bob. Même ce vieux Fred boit de *l'eau*.

— Pas les faucons, dit George. Et ils vomissent, aussi.

— Moi aussi, je peux vomir, des fois, dit Billy Bob.

Ce n’était pas possible d’être plus con. George commençait à avoir mal aux yeux à force de regarder dans les jumelles et mal aux bras à force de les tenir, mais elles lui permettaient de s’isoler, de rester en contact avec le faucon. Il aurait voulu être déjà en milieu de semaine prochaine, tranquillement assis derrière son petit bureau au fond de l’atelier qui débitait, monotone, des revêtements de sièges avec des symboles pacifistes pour voitures de sport. Mais il n’y était pas, il était coincé ici, dans cette affreuse carrée qui puait le dimanche après-midi du sol au plafond. Que pouvait-il faire ? Rien. Attendre que ça se passe. Parler du faucon. Au moins, ça lui faisait un centre d’intérêt. Un exutoire à son cafard.

— Ils vomissent ce qui ne leur sert à rien, dit-il. Il faut les nourrir avec des poils, des plumes et des os. Un faucon adulte peut avaler une aile de poulet entière, avec les os, les plumes et tout. Et, après, tout ce qui ne leur sert à rien, ils le vomissent sous forme de boulette.

— Je voudrais pas avoir un animal qui vomit des boulettes, dit Billy Bob.

— Les fauconniers de l’ancien temps les bouffaient, dit George. Une fois par semaine, ils bouffaient une de leurs boulettes de plumes et d’os. Ils disaient que ça les aidait à être de meilleurs fauconniers.

C’était un bobard. George n’avait jamais rien lu de semblable, mais ses bras le lancinaient, ses paupières brûlaient contre des œilletons et personne ne prêtait attention à ce qu'il disait, de toute façon. Il pensait que ça les choquerait.

Mais Billy Bob répondit simplement :

— J'ai connu un mec qui bouffait du chien. Il aimait ça. Il les élevait lui-même et il les stockait dans son fumoir, qu'était toujours plein. Ce qu'il préférait, c'était le lévrier.

— Après t'être collé du rat partout sur les mains, ça m'étonnerait pas que tu te mettes à bouffer une boulette de dégueulis, maintenant, dit Precious. Ça m'étonnerait pas du tout.

— Marteau, dit le môme.

— Merde, dit George, en laissant tomber les jumelles sur le matelas à eau. Sers-*moi* un verre aussi.

— J'aimerais que tu surveilles ton langage en présence de Fred, dit sa sœur.

Elle lui apporta un verre, en tenant sa hanche arthritique. George le descendit cul sec. Il n'avait pas l'habitude de boire. Il pouvait rester des mois sans toucher un verre, même une chope de bière. Mais quand le besoin s'en faisait sentir – comme maintenant –, il pouvait boire jusqu'à l'inconscience. Precious prit le verre dans sa main et alla le remplir en disant :

— Vas-y doucement quand même.

Elle le lui rapporta et le regarda en écluser la moitié d'une seule gorgée. Elle lui répétait sans cesse de faire attention avec la boisson, mais elle lui remplissait son verre à la chaîne et sans chipoter quand il commençait à picoler.

— Un petit coup derrière la cravate, y a rien de tel pour te remettre les idées en place, dit Billy Bob.

Un petit coup derrière la cravate, il n'y avait rien de tel pour l'étendre sur le carreau, mais il s'en foutait. Precious venait de lui en servir encore un – son troisième en quatre minutes – et déjà l'horreur du dimanche après-midi s'évacuait comme de l'eau sale dans le siphon d'une baignoire. Soudain, il eut envie de voir le faucon sans les jumelles. Sans un mot pour personne, il sortit de la pièce en emportant son verre et franchit la porte qui menait au ruisseau où il avait attaché l'oiseau.

Ce n'était encore que le milieu de l'après-midi, mais déjà l'ombre envahissait les bois au fond du ravin qui longeait le filet d'eau appelé Hogtown Creek. La pente était raide devant la maison. George la dégringola et s'assit dans un buisson de palmiers nains. À travers l'écran vert des feuillages, il observa le faucon. Il était descendu de son perchoir et se débattait contre sa laisse. Ses ailes – de près d'un mètre d'envergure – frappaient le sol en cadence. C'était à la fois un bon et un mauvais signe. Un bon signe parce que les faucons qui se calmaient trop vite ne valaient jamais grand-chose. Un mauvais signe parce qu'il saignait déjà avant d'être attaché et qu'il pouvait se blesser à mort. Les faucons faisaient souvent ça. Les meilleurs pouvaient se démener jusqu'à se déchiqueter eux-mêmes.

Un bruit détourna l'attention de George. Il y

avait là Billy Bob, Precious et Fred. Billy Bob avait apporté la bouteille. George leva son verre. Billy Bob versa. George n'avait pas d'autre défense contre eux. Du moins le pensait-il en cet instant. Pourquoi n'étaient-ils pas restés dans la baraque ? Ils ne pouvaient pas lui foutre la paix ? Qu'avaient-ils besoin de venir le regarder au milieu de ses palmiers ? Même avec le whisky qui lui chauffait les boyaux, il se sentait comme deux ronds de flan. Alors Fred s'approcha et s'assit à côté de lui. Billy Bob suivit, en dérapant.

— Viens, dit-il à Precious. Viens t'asseoir ici.

Precious agrippa sa hanche et descendit les rejoindre entre les palmiers. Et les voilà tous les quatre, qui regardaient entre les feuillages en remplissant les verres. Les moustiques s'activaient dangereusement. Ils voltigeaient en petits groupes sombres autour de leurs bras et de leur cou, mais Precious semblait la seule à les remarquer. Elle manœuvrait la bouteille. Elle ne revissait même plus la capsule, elle remplissait directement les godets qui se présentaient. D'abord Fred, puis George, puis Billy Bob.

Finalement, George regarda alentour et dit :

— J'ai pas l'intention de mariner ici avec une bande de poivrots.

Mais, en fait, les trois derniers mots qui sortirent de sa bouche sonnèrent comme *vente de poireaux*. Son élocution d'alcoolique lui fit honte. Ils lui demandèrent ce qu'il avait voulu dire, mais l'idée de se répéter l'humiliait. Billy Bob insista :

— J'ai le droit de savoir. Tu m'as parlé et j'ai le droit de savoir ce que t'as dit.

George refusa. Billy Bob s'obstina. Il remit ça sur le tapis jusqu'à ce que George, exaspéré, lui crie :

— J'ai dit « bande de poivrots ! Bande de poivrots ! ».

— Merde, pourquoi que tu voulais pas répéter ? fit Billy Bob, qui ne comprenait toujours pas.

Il prit la bouteille des mains de Precious et versa une longue rasade à George, qui la but comme une goulée de désespoir noir, en pensant : *Je suis au bout du rouleau, je peux même plus parler.*

Il tourna la tête et le monde entier bascula. À travers les frondaisons vertes, il observa le faucon. Il lissait ses plumes. Il ne se débattait plus contre la laisse, ne mordillait plus ses bagues. Il se toilettait, caressait ses longues plumes une à une. Il se penchait pour atteindre la glande sous sa queue et huilait une plume après l'autre avec ses mandibules crochues en un lent, gracieux et sensuel balayage de la tête.

Une joie, vive et poignante comme une douleur, s'empara de George. Il se tourna vers les autres, et la joie retomba instantanément. Personne ne regardait le faucon. Fred scrutait la cime des arbres, toujours en quête d'écureuils, sans doute. Precious soufflait et crachotait sur un essaim de moustiques qui assiégeaient son visage. Billy Bob semblait avoir perdu connaissance, amolli sur son cul.

George se leva péniblement. Il était moins saoul

qu'il ne le pensait, il pouvait encore marcher droit. Fred se redressa comme une pousse végétale sortant du sol et navigua au coude à coude avec George. Le monde vacillait. George dut fermer un œil pour corriger sa vision. Le paysage se stabilisa. Ça irait.

Derrière, dans les palmiers, il entendit Precious et Billy Bob se lever. Leur petit rituel allait commencer maintenant. Quand Billy Bob était imbibé au point de ne plus pouvoir mettre un pied devant l'autre, il arrivait tout de même à conduire sa Datsun, mais il fallait l'aider à l'atteindre. C'était toujours Precious qui s'en chargeait, et Billy Bob en profitait pour la peloter en douce. C'était triste à pleurer et George en avait le cœur retourné. Elle faisait semblant de ne rien remarquer, mais George l'avait déjà vue bomber sa croupe arthritique et décharnée dans la pogne baladeuse du brutal enfonceur de clous. George ne savait pas si Billy Bob se rendait compte de ce qu'il faisait. Si oui, il n'en avait jamais touché un mot, se bornant comme toujours à regretter ouvertement que Precious se soit desséchée si tôt.

George entra dans le living-room et s'assit sur une chaise. Le môme s'assit sur le divan. Par la fenêtre, il regarda Precious caser Billy Bob dans la Datsun. Juste avant qu'elle ne referme la portière, Billy Bob lui mit la main au panier et tenta de lui attraper la culotte. Elle ne broncha pas, le cala derrière le volant et referma. George se pencha en arrière et baissa les paupières.

Mais, devant ses yeux enténébrés, un beau faucon prit son essor en décrivant un ample cercle dans la limpidité bleue d'un ciel d'hiver. Ce faucon en vol était un prolongement de lui-même, était lui-même. Mais personne ne regardait. Personne ne savait qu'il était là. Peu importait ce qu'il faisait, peu importait ce qui l'avait conduit là, personne ne savait, personne ne s'en souciait.

La porte d'entrée se ferma. Il entendit le claquement des mules de Precious. Elle vint jusqu'à sa chaise.

— Tu seras en forme pour le cocktail ?

Il avait complètement oublié qu'ils étaient attendus chez le professeur Hill pour une réception. Le professeur Hill avait une fortune personnelle, une grande famille et surtout cinq voitures, dont aucune n'était une Volkswagen et dont il faisait régulièrement entretenir la sellerie.

— Bien sûr, dit George. Je serai en pleine forme.

De toute façon, qu'est-ce que ça changeait ?

Mais, après s'être douché et avoir un peu retrouvé ses esprits, il en était toujours au même point : il voulait toujours que quelqu'un voie son faucon. Mais le voie *vraiment*. Et il voulait que ce soit Betty. Il comprenait maintenant que, depuis le début, c'était à elle qu'il voulait présenter son faucon. Il ne s'en était simplement pas rendu compte. Ou n'avait pas voulu se l'avouer. Elle, l'amie des chevelus, elle la droguée, elle la suceuse indifférente, il voulait qu'elle regarde le faucon, qu'elle sache que c'était lui qui l'avait capturé, lui son maître. On verrait bien, alors, si elle avait encore envie de rigoler.

Seulement, il y avait un os. Precious n'était pas au courant. S'il ramenait une étudiante de dix-neuf piges à la maison, elle aurait des soupçons. Il n'y avait pas moyen. À moins que… Il se détourna de la glace devant laquelle il s'était rasé et se rendit dans la chambre de Precious au bout du couloir. Debout devant un miroir en pied, sa sœur était en train d'enfiler une gaine, en tirant dessus de toutes ses forces pour parvenir à y entrer. Ça lui fendit le cœur. Son pauvre cul flasque allait être complètement raplapla là-dedans. Raplapla et dur comme du béton. Il n'attirerait même pas l'œil de Billy Bob.

George attendit que tout soit bien enfoncé. Au fil des années, ils avaient appris à cohabiter dans l'intimité, un peu comme mari et femme. Il lui agrafait ses robes. Elle le brossait. Ils allaient et venaient à moitié nus, sans gêne.

— Tu sais, dit-il, je me demandais… (Precious le regarda dans la glace.) Tu crois pas qu'il serait temps pour le môme d'avoir une copine ?

Precious, qui remontait son collant sur sa gaine, arrêta son geste à mi-hauteur. Sa respiration changea.

— Ma foi, tu sais ce que j'en pense, dit-elle.

Oh, oui, il savait. C'était son plus cher désir. Elle pensait qu'une fille serait en mesure d'amener le môme à se sublimer. Mais tous ses efforts avaient été vains jusqu'ici. Elle avait bien réussi à faire venir quelques filles pour qu'elles disent bonjour à Fred mais, dès qu'il prononçait son mot unique, elles renâclaient, devenaient encore plus introverties que lui, et leurs relations cessaient avant d'avoir commencé.

— Tu connais quelqu'un ? dit-elle.

— J'ai une fille en tête depuis quelque temps. Une fille de l'université.

— Faut peut-être pas exagérer, fit-elle d'une petite voix.

— Non, mais une fille qualifiée, attention.

Il attendit. Precious avait une confiance aveugle dans les vertus de l'éducation.

— Elle est diplômée en psychologie, poursuivit-il. Elle s'appelle Betty. C'est un de mes clients profs qui me l'a présentée.

— Oh, j'aimerais bien mais…

— Elle sait comment il est, enchaîna George. Et justement ça l'intéresse.

Jusque-là, c'était vrai. Betty connaissait la condition de Fred. Billy Bob lui avait raconté. Et ça la fascinait. Elle avait eu envie de le rencontrer dès qu'on le lui avait décrit.

— J'ai pensé que je pourrais l'appeler pour lui demander de venir ce soir, pendant qu'on sera au cocktail.

— Tu crois qu'elle serait d'accord ?

— J'en ai pour une minute.

— Bon, ben, appelle-la, alors.

George en eut pour deux minutes. Il obtint tout de suite la communication.

— Je veux que tu viennes ce soir, dit-il.

— Quoi ? Qui est à l'appareil, d'abord ?

— George.

— Ah.

— Tu peux ?

— Quoi ?

— Venir ici.

— Pour quoi faire ?

— Je veux te présenter Fred.

— Fred ?

— Tu te souviens bien de Fred. Celui dont Billy Bob t'a parlé.

— L'attardé ?

Ce fut l'adjectif de Billy Bob qui lui vint aux lèvres :

— Celui qui est pas naturel.

— Et ta frangine ?

— Elle sait que tu es au courant et que tu t'intéresses au môme. Elle croit que tu m'as été présentée par un des profs qui viennent au magasin. On va à une soirée et je lui ai dit que ce serait sympa si tu venais pour faire connaissance avec le gosse pendant qu'on sera partis.

— Tu vas à une soirée ?

— C'est ça.

— Je suis là dans un quart d'heure.

Quand il revint, Precious l'attendait au milieu de la salle à manger.

— Elle arrive, dit-il.

— Mon Dieu, dit Precious, une copine pour Fred.

Moins de dix minutes plus tard, la Volkswagen rouge de Betty s'arrêtait en dérapant bruyamment dans l'allée. George l'accueillit à la porte. Elle entra en coup de vent, sans le voir, en tendant le cou à droite et à gauche, à la recherche du môme. Il la prit par le coude et la conduisit dans le living-room. Precious se leva pour la recevoir.

— Je te présente Precious, ma sœur, dit-il. Precious, voici Betty, la jeune femme dont je t'ai parlé.

— Je suis heureuse que vous soyez venue, dit Precious.

Mais Precious n'avait d'yeux que pour le môme, assis à côté de la cheminée. Fred et Betty se jaugèrent réciproquement du regard. Un long regard appuyé.

— Salut, dit Betty.

— Lumière, dit Fred.

— Super.

— Tas.

— Paix.

— Dent.

— Lourd.

George prit à nouveau Betty par le coude.

— Viens, dit-il, je veux te montrer quelque chose.

Il l'entraîna vers la grande fenêtre qui donnait sur le ruisseau.

— J'ai attrapé une femelle rouge-queue. Elle est là, attachée à la souche. (À cette distance, le faucon n'était qu'une ombre sous les arbres.) Je vais l'affaiter à la dure.

C’était comme si un écrou venait de se serrer en lui, une sorte de ferveur rageuse. Pour la première fois, il savait comment il allait s’y prendre. Et il n’emploierait aucune des méthodes qu’il avait expliquées à Billy Bob et à Precious.

— En soixante-douze heures, je l’aurai dressée. Je vais la *veiller*. C’est comme ça qu’on dit – veiller. Je vais la percher sur mon poignet, sauvage comme elle est maintenant. J’attacherai la laisse à ma main. Elle s’envolera. Je la ramènerai. Elle s’envolera encore. Je la ramènerai encore. Et je la laisserai pas dormir. C’est ça, le truc. Je la laisserai pas dormir. Et, bien sûr, je pourrai pas dormir non plus.

Il se sentait dans le même état que l’autre soir, quand il avait enfoncé la tête de l’épervier dans le broyeur et avait résisté à la tentation d’accompagner le mouvement en introduisant sa propre main entre les lames.

— Faudra que je reste éveillé jusqu’à ce que je l’aie brisée. Ou qu’elle m’ait brisé. Ce sera aussi dur pour moi que pour elle. Ça peut prendre cinq jours. Même plus longtemps, des fois.

— Quand est-ce que tu vas à ta soirée ? demanda Betty.

Il la regarda. Elle n’avait pas entendu un seul mot. Elle n’avait pas écouté, elle n’écoutait toujours pas. Son joli cou ferme était tendu vers Fred, qui souriait jusqu’aux oreilles sur sa chaise.

— Maintenant, répondit-il.

DEUXIÈME PARTIE

DRESSÉ

7

Apparemment, Fred avait fumé dans son lit et s'était noyé. Le soir du jour où ils avaient apporté le faucon rouge-queue à la maison. C'était impossible. Ça ne pouvait pas se produire. Et pourtant si. Le mec du magasin avait affirmé à sa sœur qu'il était impossible de faire une brûlure de cigarette dans le matelas à eau.

— C'est un des avantages de ce modèle, avait-il dit.

— Vous comprenez, mon fils… Fred, ici présent… fume beaucoup. Quelquefois au lit.

— L'eau maintient le plastique à une température trop fraîche pour brûler. Vous pouvez laisser une cigarette allumée sur ce matelas, elle ne fera pas de trou.

Fred, debout à proximité, avait soigneusement examiné le lit et dit :

— Rustine.

C'est pourquoi Precious se souvenait de ce dialogue avec une précision absolue, mot pour mot.

— Tu peux réparer les trous avec une rustine,

avait-elle rapporté à George. Et c'est exactement ce qu'il a dit : *rustine*. Vraiment, je crois que ce gosse fait des progrès.

Et maintenant il était mort. Noyé dans son propre lit. Mais Precious s'obstinait à expliquer à qui voulait l'entendre ce que le vendeur lui avait dit sur la sécurité des lits à eau. Elle essayait de l'expliquer à George, qui n'écoutait pas. Il n'avait pas besoin d'explications. Il ne faisait pas le détail. C'est pourquoi il était déterminé à affaiter le faucon, même en sachant que tout le monde allait le prendre pour un fou ou, au mieux, un type qui ne respectait pas les morts. Mais il se foutait de ce que pensaient les autres. Peut-être qu'il était fou, d'ailleurs, mais il s'en foutait quand même. Il était enfin en paix avec lui-même.

Quand il entra dans la chambre de Fred, ce matin-là, il resta une longue minute à regarder le môme flotter à plat ventre dans les trente centimètres d'eau du lit doublé de matière noire. Le petit canard flottait aussi, serein, à côté de sa tête. George ne fut ni catastrophé, ni terrifié, ni sonné, ni rien du tout. Il n'y croyait pas. Le plastique ne pouvait pas avoir éclaté, ne pouvait pas avoir de fuite et, quand bien même, la matière noire – qui était justement prévue à cet effet, pour prévenir les dégâts des eaux – n'aurait pas pu retenir mille litres de flotte dans l'armature en bois et, de toute façon, Fred ne se serait pas noyé dedans. Le môme avait suivi cinq cours de natation pour adultes de la Croix-Rouge et il était si bien coordonné qu'il aurait pu être un champion s'il avait pu comprendre l'intérêt qu'il y avait à battre d'autres gars à la course dans une piscine. Mais il refusait systématiquement d'assimiler le principe de la compétition. Quand il était seul dans l'eau, c'était un vrai dauphin, une merveille de force et de souplesse, mais, dès que d'autres mômes nageaient contre lui, il s'arrêtait carrément et regardait la course en spectateur.

Donc, en tout état de cause, il ne pouvait pas s'être noyé. Et, en tout état de cause, il s'était noyé. George s'approcha du lit et tâta légèrement le pied de Fred. L'eau s'éloigna en ondes concentriques. Dans le clapotis, les cheveux pâles du môme formaient comme une auréole mouvante. George contempla les vaguelettes jusqu'à ce qu'elles cessent et que le corps s'immobilise. Puis il fit ce qu'il n'aurait certainement pas fait s'il n'était pas allé la veille à ce cocktail – qui s'était soldé par un véritable désastre –, s'il n'avait pas eu la gueule de bois et s'il avait pris le temps de réfléchir. Mais il entendait toujours cette rombière désossée aux cheveux gris lui crier : *Vous n'avez pas le droit ! Vous n'avez pas le droit !*, et la tête lui tournait. D'ailleurs, même s'il avait pris le temps, il n'aurait pas pu réfléchir. Alors il sortit dans le couloir comme dans un rêve et dit à sa sœur Precious :

— Il est mort.

Precious bougea imperceptiblement sur le Posturepedic grand modèle et marmonna que sa hanche était grippée. C'était un lundi matin et elle pensait qu'il venait la réveiller pour qu'elle prépare le petit déjeuner. Quand il la réveillait trop tôt, elle disait toujours que sa hanche était grippée. George s'assit sur le bord du lit et posa une main sur son épaule.

— Il nous a quittés, Precious, dit-il. Il est mort.

Elle décolla ses paupières ensablées, cligna des yeux. Un bref rictus d'amertume creusa les rides qu'elle avait de chaque côté du nez.

— Tu serais mort aussi si on t'avait attaché le pied à une souche toute la nuit, dit-elle.

Elle croyait qu'il parlait du faucon.

— Le môme, dit-il. C'est Fred. Il est mort.

Elle le regarda, se hissa sur un coude et bâilla. Il y avait quelque chose d'onirique dans cette scène, comme s'il lui avait parlé à travers une vitre. Elle voyait bouger sa bouche, mais sans comprendre ce qu'il disait. Il la regardait bâiller et frotter sa hanche endolorie pendant que, dans l'autre pièce, Fred surnageait tranquillement dans mille litres d'eau. Il se pencha sur elle. Leurs narines se touchaient presque. Son haleine de la nuit lui charriait en pleine face les odeurs fromagères du sommeil.

Il dit avec douceur et une extrême lenteur :

— Ton… fils… est… mort.

Elle cilla. Puis hurla. En jaillissant du lit, elle renversa George et se rua dans le couloir, bondissante et trébuchante. Sa chemise de nuit rose battait sur ses talons. George se releva et la suivit.

L'horreur commençait à s'installer en lui, sous la forme d'un fourmillement dans le crâne et sur le bout des doigts. Il poussa un cri, il venait d'entendre un « plouf » sinistre. Il fonça dans la chambre et trouva sa sœur dans l'eau avec le noyé. Elle paraissait ne pas savoir ce qu'elle voulait faire, ou peut-être ne voulait-elle rien faire. Elle serrait la tête de son fils dans un bras et hurlait son nom en pleurant, le visage enfoui dans les longs cheveux spongieux du cadavre.

— Precious ! Precious ! Pour l'amour de Dieu !

George contourna le lit. Il essaya de la saisir par un pied ou une main, craignant qu'elle ne se noie elle aussi.

— Il est… il est…

Precious éructait, se vautrait dans la flotte, émergeait, buvait la tasse, pataugeait.

— Essaie de… essaie de…, criait George, sans pouvoir achever sa phrase parce qu'il ne savait pas ce qu'il voulait qu'elle essaie de faire.

Puis il se calma. Precious, à force de se démener comme une furie, déboîta l'armature du lit, et la flotte s'écoula dans la pièce. Quand le niveau commença à baisser, Precious s'apaisa curieusement. Au bout de deux ou trois minutes, elle gisait, immobile, avec le gosse sur la doublure noire du lit à eau. Le coton mouillé de sa chemise de nuit lui collait à la peau. À les voir si intimement enlacés, bras et jambes enchevêtrées, on aurait dit deux amants, tant elle l'embrassait avec passion.

George s'assit sur le bord du lit à eau, devenu bancal maintenant qu'il était déboîté. Il détournait légèrement la tête parce que, même dans son accablement, l'étreinte de sa sœur le gênait. Et ce fut par hasard qu'il aperçut le faucon sur sa souche près du ruisseau, dans un rayon de soleil oblique qui faisait miroiter ses plumes, qu'il lissait et toilettait en s'ébrouant. À la lisière de son champ de vision, Precious berçait son fils d'avant en arrière en susurrant son nom. Pour ne pas la voir, il plissa les yeux et se concentra sur le faucon. Il croyait encore entendre la vieille désossée d'hier soir lui crier qu'il n'avait pas le droit de traiter un noble oiseau de la sorte. Elle était non seulement femme de prof, mais prof elle-même. Et un peu branque. Les universitaires deviennent vite chiants quand ils sont deux dans une même famille. Elle roulait en Saab. Il lui avait posé des housses, une fois. Les Saab étaient encore plus difficiles que les Volkswagen mais, grâce à Dieu, on n'en voyait pas tellement. Elle faisait des recherches approfondies pour un livre. George savait qu'il s'intitulait : *Essai sur l'incidence du « r » dans le dialecte noir tel qu'il est parlé dans les cinq ghettos de Gainesville – Éléments d'analyse*. C'était son sujet de conversation quand il s'était mêlé à leur groupe.

— Donc j'ai dit à ce petit monstre, expliquait-elle à un Juif pâlichon et court sur pattes qu'on avait signalé à George parce qu'il était nouveau à la fac et qu'il enseignait le swahili, voyons si tu peux prononcer la phrase : « Rob roule en riant la roue rouge de Riri. » Et vous savez ce qu'il a fait ? Vous savez quoi ? (Le Juif pâlichon hochait la tête.) Il m'a donné un coup de pied dans la cheville.

Apercevant George à côté d'elle, elle enchaîna sans même reprendre son souffle :

— Elles ripent un peu sur les sièges.

— Ah ? fit George.

Il était saoul et vanné. Il n'avait pas envie de parler de housses de Saab. Le Juif swahili n'aurait pas la patience de rester pour écouter ça et George se retrouverait coincé avec elle.

— Ce n'est pas le tissu, c'est la façon, je pense, dit-elle.

— J'en toucherai un mot à Billy Bob, dit-il.

— Vous supervisez le travail, bien sûr, vous êtes derrière ?

— Bien sûr, je suis derrière, répondit-il. (Mais il pensait : *Ouais, ma p'tite dame, derrière, au-dessus, en dessous, en dedans, autour, et encore, si tu savais, t'imagines même pas.*)

— Vous avez l'air fatigué aujourd'hui.

— Je suis fatigué.

— Comment donc ? Un dimanche ?

— J'avais à faire.

Elle agita un index en forme de bâton de craie.

— Vous travaillez trop, dit-elle. Vous savez où ça mène. À la tombe. Ces revêtements de sièges dureront plus que vous. Ils…

— Fauconne.

— Pardon ?

— J'avais à faire avec une fauconne. Je la dresse...

— J'espère que vous ne pensez pas ce que vous dites.

Le Juif marmonna quelque chose que George ne comprit pas (du swahili ?) et se retira.

— Je ne dis rien, répondit George.

Son verre était vide. Il se dirigea vers le bar, mais elle le retint par le bras.

— Vous avez un autre faucon, dit-elle, c'est ça ?

Il considéra qu'il était préférable de changer de sujet :

— Et votre livre, ça avance ?

— Quoi ?

Là, il l'avait blousée. Merde, quoi, il savait bien que les Noirs avaient du mal à prononcer les « r ». Pas la peine d'être professeur pour savoir ça. Tout le monde à Bainbridge, Géorgie, savait qu'ils butaient sur les « r ». Mais évidemment elle s'imaginait que son entendement se limitait aux revêtements de sièges.

— M n o p q rrrrr s t, dit-il.

— Ne croyez pas que vous vous en tirerez en faisant l'âne, dit-elle. Personne n'ignore que vous avez affamé un noble faucon.

— Non. Je l'ai dressé...

— Dresser n'est pas tuer.

— Parfois si.

— Vous êtes saoul.

— Exact. N'empêche que, parfois, dresser

est tuer, et tuer est dresser. Mais, celui-là, je le tuerai pas…

— Vous n'avez pas le droit ! cria-t-elle.

— Il y un dressage pour tout, dit-il avec indifférence.

Il y réfléchissait encore. Dresser, tuer, dresser, tuer. Il pensait avoir dit quelque chose d'important juste après, mais il ne savait plus quoi. Et puis, il en avait marre de cette face de carême. Elle aurait eu besoin d'être attachée par les pieds et dressée, elle aussi ; ça lui aurait remis les idées en place.

— Vous n'avez pas le droit ! Vous n'avez pas le droit !

Elle fermait les yeux et secouait la tête, en agitant violemment ses courtes mèches grises et en tapant du pied en cadence.

— Vous n'avez pas le droit !

— Il y a un dressage pour tout, dit-il doucement, le front incliné, attentif. C'est pour ça que les pays ont des présidents, que les armées ont des généraux, que les universités ont des professeurs…

Marvin Hill, leur hôte, accourait pour voir ce qui tournait mal dans sa réception et, comme elle braillait toujours *vous n'avez pas le droit*, personne n'entendit la fin de sa phrase quand il dit :

— … et que le peuple a Dieu.

Precious était assise dans le bac noir luisant du lit à eau, vacillante et gémissante, moulée dans sa chemise de nuit rose qui adhérait à son corps. Ses seins pendaient sur son ventre comme des tares. Ses cheveux étaient mouillés et poisseux, ses yeux gonflés, rouges et effarés. Fred était toujours à plat ventre dans son pyjama noir et or. De l'autre côté de la fenêtre, le faucon était redescendu de son perchoir et tricotait des pattes au bout de sa laisse.

— Qu'est-ce qu'il a fait, mon bébé ? geignait Precious. Qu'est-ce qu'il a fait, mon bébé, pour mériter ça ?

— Rien, dit George.

— Je tiendrai pas le coup, cria-t-elle.

— Si, tu tiendras.

En regardant par la fenêtre le faucon qui se débattait, beau et inquiétant dans la lumière oblique, il pensa : *Je suis au bout du chemin. On m'avait prévenu, on m'a fait la leçon sur tout sauf sur l'essentiel. On m'a dit de me méfier du tabac et je fume pas. On m'a dit de me méfier du whisky et je bois pas, sauf quand je craque. On m'a dit de me méfier des femmes et je me suis jamais marié. Mais on m'avait jamais dit de me méfier du boulot. Travaille dur, qu'ils disaient, et tu seras heureux. Faut avoir une voiture, avoir une maison, avoir un emploi, avoir de l'argent. Avoir avoir avoir avoir avoir. Eh bien, j'ai. Et où ça m'a mené ? Ici. Dans un cul-de-sac.*

— Qu'est-ce qu'on va faire ? demanda Precious.

— Je sais pas, dit-il.

C'était un mensonge. Il savait ce que, lui en tout

cas, il allait faire. Il allait mettre le faucon encore sauvage sur son bras et le veiller aussi longtemps qu'il le faudrait pour l'affaiter, trois jours, cinq jours, le temps que ça prendrait. Ce ne serait pas facile. On le traiterait de fou. Et peut-être qu'il l'était, au fond. Mais quelle importance ? Mettre le faucon sur son bras, ça, au moins, avait un sens et tout le reste était du pipeau.

— Faut qu'on fasse quelque chose, dit Precious.

Elle tremblait comme une feuille.

— Oui, dit George.

Ils restèrent longtemps assis sans rien faire, à regarder le môme affalé sur le plastique noir luisant.

— Appelle quelqu'un, dit-elle.

— Hein ?

— Appelle quelqu'un, supplia-t-elle. Appelle Ma.

Oui, ils seraient bien obligés d'appeler leur mère. Et elle rappliquerait et il y aurait un enterrement. Il voyait des larmes et entendait des cris. Il reporta toute son attention sur le faucon, qui voletait toujours rageusement au bout de sa laisse. C'était une oiselle de grande classe. À la voir comme ça battre ses ailes meurtries et sanglantes, c'était indiscutable. Elle était fière et pouvait même se tuer. Il espérait un peu qu'elle le ferait. Le choix ne dépendait que d'elle.

— Et Alonzo, dit Precious.

— Non, dit-il en se détournant de la fenêtre. Pas Alonzo.

— Fred était son fils aussi.

— Pas depuis qu'il a déserté.

— Eh ben, c'était mon fils et je veux qu'Alonzo vienne.

— Je sais pas où il est.

— Moi oui.

— Tu le sais ?

— Ma est restée en contact. Ma sait où il est.

Oui, Ma devait savoir. Elle serait capable de localiser le moindre rejeton de sa parentèle et remonterait la piste du sang jusqu'à ce que le dernier d'entre eux soit averti de la mort du môme. La mort était une excuse pour réunir la famille, ou ce qui en restait. C'était le moment idéal pour exhiber les nouveau-nés, évoquer le bon vieux temps, les oreillons d'un tel, les singeries de tel autre, les malheurs, les catastrophes, et pour réamorcer la pompe à rabâcher des conseils. Sa mère passait son temps à lui faire la morale : Sois toujours propre sur toi ; mange bien ; dors beaucoup ; ne bois rien de plus fort que du thé ; nettoie toutes les écorchures, bosses et coupures avec de l'alcool ; quand tu doutes ou que tu as le cafard, travaille. Prends soin de ton travail et ton travail prendra soin de toi.

Mais elle aurait du mal à s'approcher de lui – ils auraient tous du mal à s'approcher de lui – s'il avait un faucon sauvage sur le bras.

Precious chialait et gémissait de nouveau, effondrée sur le cadavre de son fils. Ses pleurs étaient de plus en plus sonores et rauques, elle s'étranglait dans ses sanglots saccadés. Elle était au bord de l'hystérie, ballottait rageusement le mort dans ses bras comme pour le balancer hors du lit. George sentit qu'il devait réagir. Il mit les mains sur ses genoux et s'apprêta à se lever. Mais il ne se leva pas. Il resta figé dans cette position. Entre ses pieds, dépassant de sous l'armature en bois, il y avait une pièce de soie bleu clair avec de la dentelle blanche. Avant même de la toucher, il sut ce que c'était. Precious braillait de plus en plus fort, mais il n'entendait plus rien. Il ramassa la pièce de soie avec le pouce et l'index et la souleva précautionneusement, comme s'il tenait le détonateur d'une bombe. C'était une petite culotte. Elle appartenait à Betty. Il y avait un mot écrit à la place du sexe, de sorte qu'elle le trimbalait en permanence entre les cuisses. Le mot SUNDAY.

8

George parvint enfin à remettre Precious sur ses pieds. Il étendit un drap sur le corps, non par pudeur ou bienséance mais parce qu'il avait vu ça dans des films et que ça lui donnait l'impression de savoir ce qu'il faisait, de dominer la situation. Un peu sonné, il fourra la culotte de soie bleue dans sa poche. Elle sentait légèrement l'urine, ce qui lui rappela la maison communautaire des étudiants et lui brouilla les idées. Quand il était rentré du cocktail avec Precious, la veille au soir, Betty bouquinait un livre de poche. Precious s'était immédiatement rendue dans la piaule de Fred, comme elle le faisait toujours, et l'avait trouvé paisiblement endormi.

En revenant, elle avait demandé, pleine d'espoir :

— Vous avez passé une bonne soirée ?

— Moui, avait répondu Betty d'une petite voix boudeuse.

Precious lui avait proposé un verre de lait et des cookies, mais Betty avait refusé. Elle voulait repartir tout de suite. George l'avait raccompagnée à sa voiture.

— Alors ? lui avait-il dit quand ils furent dehors.

Betty l'avait regardé de travers, sans moufter.

— C'est curieux que Fred soit déjà au lit, avait-il dit. Ça lui ressemble pas, d'aller se pieuter quand il y a quelqu'un pour lui parler dans la baraque.

Il attendait une réponse, mais elle était montée dans sa bagnole et avait claqué la portière.

— Qu'est-ce que vous avez fait ?

— On a parlé.

— Parlé ?

— Oui.

— De quoi ?

— De tout.

— T'as regardé le faucon ?

— Non.

— Pourquoi ?

— Parce qu'il m'intéresse pas, ton faucon. Lâche-moi. Je suis fatiguée.

Il s'était écarté et elle avait démarré à fond la caisse. Il décida de la rappeler maintenant. Il mit Precious au lit, en lui promettant de prévenir immédiatement son médecin, mais ce fut Betty qu'il appela en premier. Le téléphone sonna longtemps.

— Allô ?

Elle semblait crevée.

— Qu'est-ce que t'as fait à ce garçon ? dit-il.

— Qu'est-ce qui se passe, George ?

Il fut ravi d'entendre de la peur dans sa voix. Il gueula dans le combiné :

— Il est mort !

Pas de réponse. Il l'entendait respirer.

— Il est mort et je veux savoir comment c'est arrivé, dit-il.

Elle poussa un soupir bref, impatient, un petit bruit nasal, et raccrocha. Il regarda fixement le téléphone, puis recomposa son numéro. Il laissa sonner vingt fois, en comptant à voix haute. Elle ne répondit pas. Il renonça.

Il s'assit et chercha le numéro du toubib. Pendant qu'il suivait du doigt la liste des praticiens, notait le numéro et tapotait sur le clavier, une petite voix l'interrogeait dans sa tête, lui demandait s'il se comportait comme il fallait, si ses réactions étaient les bonnes. La voix semblait lui reprocher d'être trop relax, de ne pas être assez ravagé de chagrin, de ne pas devenir fou.

— Cabinet médical Hires, Fraines, Leep et Pit, vous pouvez patienter une minute ?

— Écoutez, je…

Mais l'infirmière était déjà passée sur une autre ligne, sans attendre sa réponse. Dans la chambre, Precious scandait le nom de son fils. George ne savait pas pourquoi il appelait le médecin, ni ce qu'il allait lui dire au juste. Il n'avait jamais eu à s'occuper d'un décès et, quand Precious lui avait demandé de téléphoner au docteur Leep, ça lui avait paru tout indiqué.

Mais maintenant il doutait, il ne savait pas quoi lui dire. C'était gênant.

— Oui, je peux vous aider ?

L'infirmière avait une voix aimable, détendue même, mais avec juste ce qu'il fallait d'impatience contenue pour vous faire comprendre qu'il y avait d'autres appels sur le standard. Ça turbinait dans le cabinet. Annoncez votre nom et votre problème. Vite. Pas de temps à perdre.

George ne savait pas trop par quel bout commencer. Pour ne pas perdre de temps.

— Écoutez, dit-il. Passez-moi le docteur Leep.

— De quel mal souffrez-vous ?

— C'est au sujet d'une noyade.

— Une noyade, répéta la voix aimable et compétente.

Il y eut une longue pause, pendant laquelle George crut la voir noter l'information sur une petite carte verte.

— Il faut que je parle au docteur Leep.

Il essaya de mettre un peu de panique dans sa voix, mais le résultat ressembla plus à une colère incongrue.

— Vous voulez déclarer une *noyade* au docteur ?

Tout en s'efforçant de rester aimable et compétente, l'infirmière laissait clairement sous-entendre que le docteur ne prenait pas ce genre de déposition, que ça ne l'intéressait pas, que ça ne l'avait *jamais* intéressé.

Puis :

— Ne quittez pas, voulez-vous ?

Il y eut deux ou trois bips et l'infirmière reprit la communication.

— Le docteur est en consultation, mais il sera à vous dans une minute.

L'attente parut très longue à George. Il se demanda ce qui se serait passé s'il y avait eu réellement quelqu'un qui se noyait en ce moment. Puis il se dit qu'*il y avait* effectivement quelque part, en ce moment même, quelqu'un qui se noyait, dans un vrai linceul d'eau, dans un océan, une piscine, un lac, une rivière, en train de ravaler ses cris, avec de la flotte plein les poumons, plein le nez, plein les yeux et les oreilles, une flotte noire et terrible qui le garrottait de partout jusqu'à la suffocation.

— Ici le docteur Leep.

George était incapable de parler, de reprendre son souffle.

— Ici Leep. Allô ! (La voix était un peu énervée.)

— Je ne savais pas qui appeler.

— Oui, bon, que puis-je pour vous ?

— Ça n'était jamais arrivé, je savais pas quoi faire et Precious m'a dit de vous appeler.

— Attendez, calmez-vous. Precious qui ?

— Ma sœur.

— L'infirmière a parlé d'une noyade.

— Oui.

— Quelqu'un s'est noyé ? C'est une urgence ?

— Oui. Oui.

— Vous avez essayé le bouche-à-bouche ?

Et voilà, la première question directe le prenait en faute. Il aurait dû se jeter sur le cadavre immédiatement, mais le pauvre Fred semblait si mort, si complètement mort. À quoi bon ?

— Non, avoua-t-il finalement. (Il se faisait l'effet d'un acteur dans une mauvaise pièce, avec un texte à réciter.) C'était trop tard. Je suis arrivé trop tard. Il...

George trouvait qu'il donnait mal la réplique. Il jouait comme un pied. Il avait déjà tenu un rôle dans une pièce, une fois, à l'école. Et, cette fois-là aussi, il avait oublié son texte.

— Qui est à l'appareil ?

Le docteur Leep ne semblait pas apprécier la pièce non plus.

— George Gattling.

— George *Gattling* ? (Silence pesant.) Vous voulez dire... George ? C'est *vous*, George ?

Il avait refait la sellerie de son Eldorado et de la Porsche de sa femme. Il eut une affreuse trouille que le toubib ne se mette à lui parler tissu et façon.

— Oui.

— University Auto Shop ?

— Oui.

— Où êtes-vous ?

— À la maison.

— Dans la piscine ?

— Hein ?

— C'est arrivé dans la piscine ?

— J'ai pas de piscine.

— Alors, c'est arrivé où ?

Pour éviter de répondre à ça, George dit :

— C'est le môme.

— Fred ?

— Oui, Fred.

S'ensuivit une pause. Il y eut un bruit sur la ligne, comme si le médecin pianotait nerveusement sur le combiné.

— J'envoie une ambulance. Où ?

— Ici. Je suis à la maison. 1800 Huitième Avenue.

— Mais vous avez dit que vous n'aviez pas de piscine.

— J'en ai pas.

— Nom d'un chien, George, où…

— IL… C'EST ARRIVÉ DANS SON LIT ! cria George.

Et il raccrocha aussi sec.

À peine eut-il lâché le téléphone qu'il entendit Precious arpenter le couloir de long en large dans sa chemise de nuit rose en scandant le nom de son fils. Tout le monde devenait fou autour de lui, et il avait l'impression que cette folie était en germe depuis toujours, qu'elle poussait sous la surface en attendant d'éclore. Et maintenant, l'abcès avait crevé.

— George ?

Precious avait interrompu ses incantations. Elle se tenait sur le seuil du living-room. De longues mèches de cheveux mouillés lui plâtraient le cou. Ses yeux rouges faisaient peur.

— Qu'est-ce qu'il a dit ?

— Il a dit qu'il envoyait une ambulance.

Elle le rejoignit en faisant claquer ses savates.

— Une *ambulance* ?

— C'est ce qu'il a dit.

— *Oh oh… Une ambulance*, fit-elle d'une étrange voix éraillée que ni lui ni elle ne reconnurent. Merci mon Dieu. Ô Seigneur, merci.

— Doux Jésus.

— Lui aussi, dit Precious. Je remercie aussi l'Enfant Jésus. (Elle s'approcha de lui et posa tendrement une main sur son bras.) Vite, faut qu'on le sorte de là et qu'on l'habille.

George retira son bras d'un coup sec, comme si elle l'avait brûlé.

— Quoi ?

— Faut qu'on l'habille, dit-elle d'une douce voix murmurée. Pour l'hôpital.

La folie ne s'arrêtait plus. Maintenant que l'abcès était crevé, elle n'aurait plus jamais de fin. Elle suintait de partout : de la bouche de sa sœur, du cabinet médical, de la longue conversation de Betty avec un môme incapable de parler, des lits à eau où on se noyait, des infirmières du toubib. Il sentit qu'en lui un boulon venait de sauter et allait laisser échapper quelque chose de profond et de vital, qui ne retrouverait jamais sa place. Son cœur pulsait de la terreur dans ses veines. Il resta là un long moment, les yeux rivés sur ceux de sa sœur, dilatés par l'angoisse, sa sœur qui lui demandait son aide pour soulever le cadavre et le fringuer. Puis il tourna les talons, avec plus de détermination que jamais encore dans sa vie, gagna la porte vitrée coulissante au fond du living-room, sortit sur la terrasse et dégringola les trois marches menant au sentier qui descendait à travers les palmiers vers le ruisseau. Il entendit la porte vitrée se rouvrir derrière lui, mais n'y prêta pas attention. Les gants de soudeur étaient encore dans la fourche de l'arbre, où il les avait laissés. Il les prit et les enfila. La rouge-queue était immobile sur la souche, à six mètres de là. Il l'épiait à la périphérie de son champ de vision. Elle l'avait vu aussi. Ses yeux jaunes immobiles étaient braqués sur lui comme pour le transpercer. Les plumes de sa tête et de son cou étaient hérissées. Ses grandes ailes sombres, à demi déployées et pendantes, lui donnaient l'aspect d'un arc bandé. La marque jaune qui rayait son bec luisait comme de l'or.

Il aurait pu demeurer longtemps comme ça, parce qu'elle était si belle qu'il se sentait tout drôle en la regardant, mais, en entendant le raclement de la porte coulissante derrière lui, il comprit qu'il ne pouvait pas attendre. Il approcha lentement de la souche, en crabe. L'oiselle ne bougeait pas. Figée comme un trophée empaillé, elle se tenait prête à frapper. Il entendit Precious dans les palmiers nains derrière lui. Il s'agenouilla et attrapa la laisse. L'oiselle fondit sur lui, le frappa au bras juste au-dessus du coude et repartit à tire-d'aile de l'autre côté de la souche. Retenue par la laisse, elle battit frénétiquement le sol de ses ailes. Il regarda son bras. Quatre taches de sang brillant, grosses comme des têtes d'allumette, piquetaient la manche de sa chemise. Quel faucon elle était pour oser s'attaquer à un animal cent fois plus lourd qu'elle ! Il se sentit gonflé d'orgueil comme s'il venait lui-même d'accomplir un acte de bravoure. Il dénoua la laisse, qui était attachée à un anneau fiché à la base de la souche, et se campa. Il la raccourcit d'une trentaine de centimètres, en douceur, et l'enroula autour du gant de cuir sur son poignet. Puis il souleva l'oiselle et la tint suspendue par ses pattes baguées, tête en bas. Elle tourna le cou, animée par une haine farouche et totale. Ça lui faisait chaud au cœur, parce qu'il savait *pourquoi* elle le haïssait, pourquoi il fallait qu'elle le haïsse, et parce qu'il savait aussi ce qu'il avait à faire pour changer cette haine, non en amour – un sentiment qu'il ne comprenait pas, de toute façon – mais en acceptation. Tout ça lui semblait juste et bien. Enthousiasmant.

Levant les yeux, il vit sa sœur qui lui souriait, radieuse. Elle avait un regard presque halluciné, comme en un délire. Elle marchait vers lui à petit pas.

— Je vais l'habiller, dit-elle.

Quelque part au loin, dans la ville, une sirène mugissait. Il désigna le faucon, qui pendait.

— Elle est attachée à mon bras, dit-il. Je peux pas t'aider.

— Ce n'est pas grave, dit-elle, toujours souriante. Joue avec ton oiseau. Tout va bien.

Elle remonta péniblement la pente, engluée dans sa chemise de nuit mouillée qui surlignait comme un enduit le tremblement de ses hanches plates.

Il la regarda s'éloigner, puis mit délicatement sa main libre sous le jabot du faucon et le posa sur son poignet. Ses serres étaient recroquevillées et elle refusait de les ouvrir pour agripper le gant. Mais elle finit par se résigner et, l'espace d'une sublime seconde, percha sur son poignet, au soleil, énorme, farouche et complètement sauvage.

9

George s'assit sur la souche et regarda le faucon qui pendait. Tout cela avait commencé avec un hibou. S'il avait pu se douter, à l'époque ! C'était à cause d'un professeur de lettres classiques de l'université, qui élevait des coqs de combat – et qui avait aussi, accessoirement, une vieille Hudson Hornet pouilleuse dont la sellerie avait besoin d'être retapée. Le jour où il avait amené la bagnole à l'atelier, il avait une caisse en bois sur le siège arrière. Environ trente centimètres de large sur soixante de long et soixante de haut. Elle était ouverte sur un côté et grillagée. George avait regardé dedans et aperçu l'oiseau.

— Qu'est-ce que c'est ? demanda-t-il.

— J'élève des coqs de combat. Celui-là, je l'envoie à Manille. J'en expédie dans le monde entier.

George se pencha jusqu'à frôler le grillage avec le nez. Le volatile avait une courte crête rouge, des pattes jaunes et un plumage parfait, qui luisait étrangement, comme si, au lieu d'être un reflet, sa lumière émanait de l'intérieur.

— Il se bat avec ça, dit le professeur en montrant quelque chose à George.

Dans sa paume ouverte, il tenait deux lames incurvées de deux ou trois centimètres, pointues comme des aiguilles et scintillantes comme des rasoirs.

— On attache ça à ses ergots.

Était-ce l'idée de voir ces petites épées fixées aux ergots d'un coq qui l'incita à s'intéresser à l'élevage des oiseaux ? Il ne savait pas. Quoi qu'il en soit, George se proposa de livrer lui-même la Hudson Hornet au professeur quand elle serait prête. Le lendemain, en amenant la bagnole, il le trouva occupé à poser des agrafes sur les ailes de jeunes oiseaux. Les agrafes portaient des chiffres représentant des informations codées : date d'éclosion, lignée, poids à deux semaines, etc. Le professeur lui fit la visite, lui montra des oiseaux bagués, attachés par les pattes, sous le soleil.

— C'est plus simple de les élever en plein air que dans des cages individuelles, mais on est obligé de les séparer parce qu'ils s'entre-tuent quand ils atteignent cette taille.

Ils rentrèrent pour boire un café et c'est dans la maison qu'il vit le hibou. Il mesurait près de quatre-vingts centimètres. Un mètre vingt d'envergure, un magnifique bec menaçant et des serres plus longues que des doigts d'homme. Le professeur remarqua que la chose l'intéressait.

— Il est beau, hein ?

— J'en avais jamais vu un pareil, dit George. Jamais.

— C'est un grand duc. On lui a donné ce nom à cause de ces deux aigrettes, là, en forme de couronne.

George trouva que les aigrettes ressemblaient davantage à des oreilles qu'à une couronne.

— Ça doit être quelque chose de voir voler un oiseau comme ça, dit-il.

— Ah, en effet. En effet. Vous auriez dû le voir quand il s'est posé dans la cour, il y a deux mois. Le salopard. Je l'ai tué d'une seule balle.

— Vous l'avez *tué* ?

George fut surpris lui-même par l'indignation qui perça dans sa voix.

— Bien obligé, dit le professeur. Il me piquait mes poules.

George s'approcha et toucha délicatement l'aile de l'oiseau.

— Eh ben, dit-il doucement, ce vieux sage ne devait pas être si sage que ça pour se laisser tuer d'une seule balle.

Le professeur pouffa.

— La chouette est peut-être le symbole de la sagesse, mais elle n'a rien de malin. Les chouettes et les hiboux sont les plus idiots de tous les volatiles.

— Idiots ? Idiots, les hiboux ?

— Avant de me lancer dans l'élevage de coqs, je faisais de l'affaitage. (Il lorgna le hibou avec mépris.) Et je peux vous assurer que le hibou est un oiseau profondément stupide.

— De l'affaitage ?

— Du dressage de rapaces. (Il posa la main sur une étagère à côté du hibou.) J'ai encore quelques bouquins là-dessus. (Il tapota un énorme volume vert, de trente centimètres sur trente et sept centimètres d'épaisseur.) Celui-ci, par exemple, *L'art de la fauconnerie*, une traduction du *De arte venandi cum avibus* de Frédéric II de Hohenstaufen. C'était le petit-fils de Frédéric Barbe Rousse. Un homme étonnant. Les oiseaux étaient la passion de l'empereur. Tout simplement. C'est vraiment lui qui a écrit ce livre. On pourrait croire qu'il s'est contenté de signer l'œuvre de quelques érudits de sa cour, mais non, c'est bien de lui. Six cents pages documentées et détaillées. (Il se tourna vers George.) Moi, j'étais spécialisé dans le haut vol. Il y a deux sortes de fauconnerie. Le bas vol emploie surtout des éperviers. La plupart des gens mélangent tout, éperviers, crécerelles, gerfauts, ils les appellent tous faucons. Mais ceux qui s'y connaissent en rapaces font la différence. Les faucons sont plus difficiles à dresser et à maîtriser que les éperviers. Ils ont un système nerveux plus délicat…

À ces mots, le professeur s'approcha du hibou.

— Regardez son aile, poursuivit-il, vous remarquerez que la troisième plume primaire est la plus longue. Chez les faucons, c'est la première plume primaire en bout d'aile qui est la plus longue.

Il toucha le bec crochu, acéré comme un rasoir, puis effleura du doigt les longues serres noires.

— Le hibou pourrait être un des plus grands

rapaces dressés pour la chasse. Approchez, regardez un peu ces plumes.

Il désignait de petites plumes plates, sous les ailes déployées, semblables par la taille et la forme à l'extrémité d'un pouce humain.

— Grâce à ça, le hibou plane en silence. On peut entendre voler un faucon ou un épervier, mais le hibou se déplace comme une ombre, sans un bruit, tranquille et implacable comme la mort. Regardez-moi ces mandibules, regardez-moi ces serres. Et ces pattes. Vous voyez un peu leur taille et leur longueur ? Cet oiseau-là pourrait soulever un chien. Parfaitement équipé et bâti pour tuer. Alors pourquoi personne n'a jamais réussi à dresser un hibou pour la chasse ?

Le professeur serra les dents. Une strie musculaire apparut sur sa mâchoire.

— Parce qu'il est trop con ! Il est stupide ! C'est le plus stupide de toutes les créatures volantes.

George leva les yeux et vit un jeune homme en pantalon blanc, blouse blanche et chaussures blanches, accroupi devant lui dans les palmiers nains. Il avait le visage rond et poupin, les cheveux blonds, fins et vaporeux. Ses yeux bleu délavé étaient rivés sur le faucon qui pendait, la tête à l'envers, au poignet de George. Il sourit avec une gentillesse presque timide.

— Je m'appelle Bubba, dit-il.

Comme George ne mouftait pas, il désigna la maison derrière lui, d'un geste du pouce pardessus son épaule.

— On a mis le garçon dans l'ambulance. Vous ne croyez pas que vous devriez rentrer maintenant ?

— Le hibou est un oiseau stupide, dit George.

Il comprit aussitôt qu'il avait répondu à côté de la plaque. L'ambulancier baissa les yeux, moitié gêné, moitié effrayé par la maldonne. George ne voulait pas dire ça, mais le souvenir de ce grand duc empaillé était encore cimenté dans sa tête. À l'âge de huit ans, il avait reçu un hibou des mains du directeur de l'école. C'était la remise des prix de fin d'année et tous les élèves avaient droit à un petit cadeau en papier. « Enfin, pour George Gattling, avait dit le directeur (et George avait traversé la salle jusqu'à l'estrade dans sa blouse toute neuve, les cheveux soigneusement peignés et humectés sur son front rougissant), pour George Gattling, voici le symbole de la sagesse, parce que c'est le garçon le plus sage de la classe de neuvième. » Et, des années après, on lui révélait que le hibou était trop con pour être dressé.

L'ambulancier se leva, se fendit d'une risette forcée et dit :

— Le hibou n'est pas mon oiseau préféré non plus. (Son sourire tarte s'élargit.) Vous avez raison, c'est une sale bête. Restez ici, ne bougez pas. Je reviens.

— Non, écoutez…

Mais l'ambulancier remontait déjà vers la maison.

Avec application, George passa sa main gantée

sous le jabot du faucon et le jucha sur son poignet. L'oiselle s'envola illico et se retrouva la tête à l'envers. Il la souleva de nouveau. Elle parvint à se redresser, l'espace d'un instant fugace, puis retomba. Son petit cœur tambourinait, sa langue vibrait d'épuisement dans son bec ouvert. Il ne fallait pas la laisser trop longtemps tête en bas. L'empereur Frédéric expliquait que ça pouvait conduire à la mort par apoplexie. Elle risquait la rupture ou l'obturation d'un vaisseau sanguin du cerveau et pouvait mourir pendant qu'il la regardait.

George était à bout de forces. La fatigue lui brûlait les yeux. Il avait commencé la journée avec la gueule de bois et se traînait maintenant des courbatures qui lui cisaillaient les épaules et lui bétonnaient les reins. Mais ces douleurs ne lui déplaisaient pas, parce qu'elles le mettaient à égalité avec l'oiselle. Elle ne pouvait pas demander grâce et elle-même, d'ailleurs, serait sans pitié. Il y avait vingt heures qu'elle était attachée là sans nourriture. Elle était sous le pouvoir d'une chose qu'elle ne comprenait pas. Elle endurait une torture gratuite. George aspira une longue goulée d'air. Cette souffrance servait une fin qu'il comprenait, lui, et elle était donc supportable. Il essaya de se détendre en s'asseyant sur la souche.

Le coulissement grinçant de la porte en verre lui fit lever les yeux : l'ambulancier vêtu de blanc redescendait le sentier. Il s'accroupit de nouveau entre les palmiers, au même endroit que tout à l'heure. George sentait bien que ce n'était pas le moment de le relancer avec son histoire de hibou, que ça suffisait comme ça. Mais il voulait s'expliquer, dissiper le malentendu.

— Écoutez, fit-il. Ce que j'essayais de vous dire au sujet du hibou…

— Saleté d'oiseau, dit le mec avec une mimique toc pour feindre le dégoût.

— Non, non, vous comprenez pas ce que je veux dire. Voyez, j'ai eu un hibou, dans le temps. Pas un vrai. En papier. Un cadeau du directeur de l'école. J'étais en neuvième. J'avais eu les meilleurs notes.

— Vous semblez être un homme intelligent, dit l'ambulancier d'un ton encourageant.

— Merde ! Écoutez ce que je vous dis.

— D'accord.

— Et puis le professeur m'affirme que le hibou est un oiseau stupide, alors que le directeur m'en avait donné un. Encore une idée fausse, voyez, c'était juste le contraire. Vous me suivez ?

— Je vous suis tout à fait.

— C'est pas grave, en fait, *c'est pas ça* le problème. Ce qui compte, c'est la coïncidence. Rien n'est grave, si vous voulez, sauf quand vous mettez les choses face à face. Et là, vous voyez que ça colle pas. La plupart du temps, on le voit pas.

— Vous avez raison, on a du mal à voir les choses dans ce monde, quand elles ne sont pas face à face.

George comprit que ce crétin allait rester

planté là dans les palmiers, la gueule enfarinée, et acquiescer bêtement à tout ce qu'il dirait. S'il lui expliquait que les plumes de hibou étaient excellentes en friture, sautées dans du beurre et servies avec du gruyère, l'ambulancier lui répondrait que c'était également comme ça qu'il les préférait. George s'apprêtait à tenter le coup, pour voir s'il arriverait à lui faire dire un truc de ce genre, quand le médecin apparut au coin de la maison. L'ambulancier leva une main et le héla :

— Par ici !

Le médecin descendit en trébuchant dans les mauvaises herbes et s'accroupit à son tour dans les palmiers, à côté de l'ambulancier. Le docteur Leep avait sa trousse avec lui. Il regarda George avec un large sourire.

— Eh bien, dit-il en forçant un peu trop la voix, qu'est-ce qu'on a là ?

L'ambulancier se pencha vers le toubib pour lui chuchoter quelque chose à l'oreille, sans que ni l'un ni l'autre ne quittent George des yeux. George entendit seulement le mot « hibou ».

— Hibou ? dit le docteur Leep, atterré.

George hissa le faucon sur son poignet et il s'envola. Le toubib et le jeunot s'approchaient à croupetons, en murmurant, l'œil fixe.

— Évitez de regarder le faucon en face, dit George.

Les deux hommes s'observèrent, puis regardèrent le faucon en face. George crut sentir l'oiseau trembler au bout de sa laisse.

— Les yeux de l’homme terrifient les faucons, dit George. Vous feriez mieux de m’écouter.

— Il est certain que les yeux de l’homme *sont* terrifiants, dit le docteur Leep.

Mais il continuait à regarder le faucon, en faisant signe à l’ambulancier de contourner George. Le gars se déplaça en canard vers la gauche et le docteur vers la droite. George posa l’oiselle sur son poignet. Elle y resta le temps d’un souffle. Le docteur avait sorti quelque chose de sa trousse. Il tenait l’objet dans sa main. Un objet scintillant. C’était une seringue. Un rayon de soleil jouait sur la pointe de la longue aiguille. George pigea leur manège. L’ambulancier allait le plaquer au sol pour que cet enfoiré de Leep lui fasse une piqûre, et ils l’emmèneraient. Il se leva poussivement de la souche. Le faucon pendouillait en lui frôlant les jambes. Il regarda droit devant lui, à mi-distance entre le toubib et l’ambulancier.

— Je m’appelle George Gattling…

Il se tenait très droit, ce qui lui rappela le jour de la remise des prix, quand il avait récité son compliment avant de recevoir son hibou en papier.

— … Je suis propriétaire de l’University Auto Shop. C’est une entreprise de sellerie pour voitures. Le nom de mon contremaître est Billy Bob Mavis. Il est originaire de Bainbridge, Géorgie, comme moi. J’habite ici, 1800 Huitième Avenue, à Gainesville, Floride, avec ma sœur et son fils, mon neveu, mort de noyade dans son propre lit.

Vous êtes le docteur Leep. (Il s'interrompit un long moment.) Et si vous me touchez avec cette seringue, je vous colle un procès qui vous coûtera tout l'argent que vous possédez ou espérez gagner. Je ferai citer à la barre la compagnie d'ambulances qui a envoyé ce chauffeur m'espionner dans les buissons, ainsi que le chauffeur lui-même et toute sa famille. (Il regarda enfin le docteur, complètement estomaqué, assis sur ses talons.) Est-ce que j'ai l'air de ne pas savoir qui je suis et où je suis ? Est-ce que j'ai l'air d'un cinglé ?

Le docteur se leva, jeta un œil à l'ambulancier et soupira.

— Il se prend pour un hibou, hein ?

Il repartit à grand pas, suivi par l'ambulancier, qui ne regarda pas derrière lui. Au coin de la maison, il se retourna.

— Votre sœur est sous sédatif. Je pense qu'une journée à l'hôpital lui ferait du bien. Je suppose que vous pouvez vous occuper des formalités de l'enterrement ?

George ne répondit pas. Il mit le faucon sur son poignet. L'oiseau s'envola immédiatement. Quand il regarda de nouveau vers la maison, le médecin avait disparu. Il était seul. Tout était arrangé et il était seul. Comme il aurait aimé que sa vie soit aussi simple que ce qu'il venait de dire ! Simple comme un énoncé de faits, comme une récitation en classe de neuvième. Né à, fils de, réside actuellement à, exerce l'emploi de, espère que, prévoit de, est aimé par, désirerait que, mort à. Mais non. Ça demandait un pénible apprentissage. Et il savait maintenant que, avec un peu de bol, on pouvait vivre une vie entière sans comprendre comment ça marchait et sans se rendre compte de rien. Debout sous le soleil, tandis que la sirène de l'ambulance décroissait dans le lointain, il se dit que, si l'oiselle n'avait pas été attachée à son poignet, s'il n'avait pas été obligé de la redresser régulièrement pour que le sang ne lui descende pas dans la tête, il se serait effondré en s'arrachant les cheveux, en se griffant la gueule et grinçant des dents pour oublier deux minutes cette intolérable agonie qui n'en finissait pas.

Il redressa le faucon, qui resta un moment sur son poignet, trop épuisé pour voler.

10

George renversa deux lampes sans savoir comment ni pourquoi il les avait renversées. Elles s'écrasèrent derrière lui sur son passage. Il marcha dans la maison à grands pas, d'un bout à l'autre, en essayant de ne pas cogner le faucon contre un mur et en regardant attentivement toutes les choses qui passaient dans son champ de vision.

Il nommait ce qu'il voyait :

— Tentures, tringles, télé, tapis, pot de fleurs blanc vide, lit à eau, matelas crevé, doublure déchirée, armature cassée.

Les faits, voilà ce qui importait désormais. Tout ce qu'on pouvait nommer et mesurer devait être nommé et mesuré. Quelque part dans le nid factuel de sa vie résidait le secret, rance, aveugle et moisi par un long enfermement, le secret qui lui rendrait sa paix. Pour finir, il s'assit dans un épais fauteuil rembourré du living-room et nomma tout ce qu'il apercevait. Ça devenait une rengaine rythmique, comme s'il avait été un commissaire-priseur, comme s'il s'était agi d'objets impersonnels appartenant à quelqu'un d'autre, ce qui, sur le moment, semblait bizarrement être le cas.

— Ceci est une table, ceci une chaîne hi-fi, ceci une cheminée, ceci un divan, ceci…

En chantonnant ces noms de choses, il caressait méthodiquement l'oiselle avec l'une des longues plumes de vol qu'elle avait arrachées de ses ailes. L'extrémité de la plume était ensanglantée et bordée de chair rose. Elle était sur son poignet depuis presque cinq minutes maintenant, pas vraiment perchée, pas dressée sur ses pattes mais blottie, le bec grand ouvert, la langue tremblante comme celle d'un serpent.

— Ceci est un tableau, ceci est un rocking-chair, ceci est un…

Il continua son énumération sur un ton mélodieux. C'était comme une berceuse pour le faucon, qui le regardait, vaincu, terrifié, en alerte.

— Nom de Dieu de nom de Dieu !

George se retourna en sursaut. Le faucon s'envola et bascula. Billy Bob Mavis, qui était entré sans frapper, déplaça sa bouchée de clous d'une joue à l'autre et répéta, mais moins fort cette fois :

— Nom de Dieu de nom de Dieu…

— T'as effrayé le faucon, dit George. Et ne le regarde pas. Ne le *regarde* pas !

— Mais je le regarde pas, ho, ton putain de faucon.

— Et ne crie pas, tu lui fais peur.

— Merde, c'est toi qui me fais peur. J'ai cru que t'étais devenu maboul. (Il avisa la lampe cassée au pied du divan.) J'ai failli me barrer en courant quand je t'ai vu comme ça.

— T'avais qu'à pas venir fouiner, rétorqua George, incapable de contenir sa rogne.

— Merde, George, je suis pas venu *fouiner*, je suis venu pour aider. Betty m'a appelé. (Il baissa d'un ton, tout penaud soudain.) Le môme… c'est vrai qu'il… il est ?

— Oui.

— Je peux pas y croire. Je peux pas. Et elle m'a dit que t'étais en train de perdre la boule. (Il bougea une jambe, mal à l'aise.) Me regarde pas comme ça, c'est ce qu'elle m'a dit. Que t'avais pété les plombs. Et je t'avouerai que, en arrivant, quand je t'ai vu là avec ton oiseau attaché à la main, en train de chanter *cheminée fauteuil tableau rideau*, je me suis dit merde, elle a raison, Betty, il est cinglé.

— Je crois que c'est elle qui est cinglée.

— Ouais, ben, *moi*, je suis pas cinglé, dit Billy Bob en crachant une flopée de clous dans sa main et se passant la langue sur les dents (un tic pour adoucir ses gencives endolories). Et je veux savoir ce qui se passe, ce qui *s'est passé*.

— Je chantais une berceuse à mon faucon.

— Mais je m'en fous de ton faucon. Ne me parle plus de ton faucon.

George eut envie de se lever pour décliner son identité comme il l'avait fait devant le toubib. Ça clarifierait la situation, prouverait qu'il était sain d'esprit. Mais il se contenta de dire :

— Le môme est mort.

— Mais il a pas pu…

— Noyé.

— Noyé ! Vingt dieux, noyé !

— Dans son lit.

Billy Bob renfourna sa poignée de clous dans sa bouche et tira une drôle de tronche, comme s'il les avait avalés.

— Precious est à l'hôpital. Ils ont emmené le môme pour le préparer.

— Le préparer ?

— Pour l'enterrement.

— Qui va l'enterrer ?

— Quoi ?

George s'était remis à caresser le faucon renversé avec sa plume. Il voulut expliquer à Billy Bob qu'il fallait caresser les faucons avec leurs propres plumes pour éviter qu'ils ne perdent leur sécrétion huileuse. Si on les caressait avec la main, ça bousillait leur plumage. C'était un fait.

— J'ai dit : « Qui va enterrer le môme ? » T'as pris les dispositions ?

— Non.

— T'as appelé ta mère ?

— Non.

— T'as appelé *quelqu'un* ?

— J'ai appelé Betty.

Billy Bob roula les clous dans sa bouche.

— Je veux pas savoir pourquoi. Ne me dis pas pourquoi. (Il s'approcha de George et tendit la main pour lui toucher l'épaule.) Je vais…

George s'écarta.

— Arrête, dit-il. Tu vas effrayer le faucon si tu t'approches.

Billy laissa retomber sa main et recula.

— George, je voulais juste te dire que j'allais m'en occuper. Je vais appeler ta mère et je vais essayer de savoir où ils ont emmené le môme. Reste là et essaie de te détendre.

— Je ne suis pas fou, répliqua George.

— J'ai jamais dit que t'étais fou.

— Quand tu me parles comme ça, c'est tout comme.

— Non, tu te goures, je t'assure.

— Ne me dis pas de me détendre. C'est pas le moment de se détendre. Seul un fou pourrait se détendre.

— D'accord.

George hissa le faucon sur sa main et se mit à chantonner le nom des tableaux sur le mur. Billy Bob alla dans la chambre du môme, soi-disant pour téléphoner, mais George savait que c'était en réalité pour voir comment Fred avait fait son compte, pour essayer de comprendre ce qui s'était passé. Il revint immédiatement.

— Je vois pas comment c'est arrivé, dit-il. Ça paraît impossible.

Le faucon s'envola, effarouché par la voix de Billy Bob. George interrompit sa berceuse et répondit :

— C'est peut-être pas arrivé.

— Hein ?

— J'ai dit que c'est peut-être pas arrivé.

— Ben, le môme est quand même mort, non ? C'est un fait, ça.

— Oui, c'est un fait. Mais c'est peut-être une impossibilité.

— Bon, fit Billy Bob en recrachant ses clous. Bon, bon. (Il jeta un regard affolé autour de lui.) Euh, reste où t'es et dé... (Il s'interrompit et happa de nouveau les clous.) Écoute, je vais passer des coups de fil et voir ce que je peux faire, hein ?

Il rentra la tête dans les épaules et retourna dans la chambre de Fred.

George entendit Billy Bob composer un numéro de téléphone. Dans un instant, il entendrait sa voix. Il s'interdit d'écouter. Ça ne ferait que le distraire. Ce qui importait, dans l'immédiat, c'était le faucon. Le faucon était un fait. Pas besoin de chercher des pourquoi et des comment. La rouge-queue était une réalité palpable. Identifier le réel et le toucher, voilà le devoir de l'homme. Il la souleva et la jucha sur son poignet. Sa position tête en bas avait dû lui donner le tournis, elle était trop désorientée pour voler, mais elle se laissa volontairement retomber. Quel courage magnifique ! Elle était capable de se suicider. Les grands faucons en étaient toujours capables. Mais George avait appris de l'empereur Frédéric que les meilleurs fauconniers – les vrais de vrai, les maîtres – savaient empêcher ces grands rapaces de se détruire eux-mêmes.

Dans l'autre pièce, Billy Bob avait fini par obtenir une communication. George regarda alentour, en quête de quelque chose à dire. À côté du divan, il y avait un petit porte-journaux en fer forgé. Il prit un exemplaire du *Time* et, de la main gauche, l'ouvrit sur ses genoux. Puis il hissa l'oiselle sur son poignet. Pour la première fois, elle s'agriffa au gant. La pression de ses serres enflamma son sang comme la chaleur d'une femme. Son cœur bondit ; une sensation semblable à de la cire en fusion se répandit dans ses reins. Avec la longue plume, il caressa deux fois, lentement et délicatement, son jabot tremblant. Elle émit un petit bruit qui évoquait un vagissement de bébé. Il reposa la plume et baissa les yeux sur le magazine ouvert sur ses genoux. Il laissa errer son regard sur la page jusqu'à ce qu'il trouve un fait, solide et bien réel.

Il chantonna :

— La parade de la Saint-Patrick a coûté quatre-vingt-cinq mille cinq cent quarante-neuf dollars et soixante et un *cents* à la ville de New York, alors que la fête de Porto-Rico n'a coûté que soixante-quatorze mille cent soixante-neuf dollars et quarante-quatre *cents*.

Ce qui lui plaisait, dans ces chiffres à rallonge, c'étaient les *cents*. Quelque part, quelqu'un vivait dans un monde si exact et si précis qu'il pouvait le mesurer au soixante et unième et au quarante-quatrième *cent* près. Combien de confettis pouvait-on acheter avec quarante-quatre cents ?

Quelque part, quelqu'un le savait. Ça lui mit du baume au cœur et, regonflé, il chercha un autre fait sur la même page, en répétant avec optimisme les chiffres de la parade. Il trouva bientôt ce qu'il voulait et fredonna :

— En 1965, seulement dix-sept pour cent de la population du nord-est de la Thaïlande étaient à moins d'une journée de marche d'une grande route. Aujourd'hui, le chiffre est de quatre-vingt-sept pour cent.

Quatre-vingt-sept pour cent ! Quelle merveille, tout de même, d'arriver à cette précision pour tomber pile entre quatre-vingt-six et quatre-vingt-huit !

Billy Bob parlait à la mère de George. Ça s'entendait à ses intonations. Il lui répétait inlassablement ce qui s'était passé et semblait avoir quelques difficultés à se faire comprendre. George caressa le faucon et tourna les pages du *Time*.

— Les caravanes circulant entre l'Afghanistan et le Pakistan transportent ordinairement mille deux cents livres d'opium. La progéniture de quatre cent cinquante mites peut manger en un an le poids d'une locomotive diesel. La ménagère moyenne lave deux millions et demi d'ustensiles de cuisine pendant sa vie, soit l'équivalent d'une pile d'assiettes soixante-dix fois plus haute que l'Empire State Building. Neuf virgule deux milliards de caresses à un chat noir produiraient assez d'électricité pour allumer une ampoule de soixante-quinze watts pendant exactement une minute.

Il cessa de feuilleter le magazine et de chanter pour écouter Billy Bob. Apparemment, il était en train de se renseigner sur les différents prix et services des pompes funèbres. Il répétait les informations. Différents modèles de cercueils. Certains laissaient passer l'eau. D'autres non. Certains étaient plombés. D'autres non. Certains avaient des poignées en cuivre. D'autres en bois. On pouvait louer une limousine à douze places pour la famille. Ou à huit places. Une fosse près d'un arbre coûtait plus cher. À creuser ? Plus cher à creuser ? Les racines ? Ah, les racines. Bien sûr, c'était tout naturel. Logique.

George se leva lentement. Le faucon serra le gant et hérissa ses plumes, en gonflant la gorge comme une vipère. George le caressa avec la plume et l'emporta dans le garage, en passant par la porte de communication de la cuisine. Il resta un long moment devant la voiture, en gambergeant. Comment faire pour conduire avec le faucon attaché à son poignet ? Ça semblait impossible, mais il n'avait pas le choix. Il tendit prudemment sa main libre et essaya d'ouvrir la portière. Avec son gant de soudeur, c'était assez trapu, mais il réussit. Dès que la fermeture céda et que la portière s'ouvrit, l'oiselle s'envola. Il la balança d'un mouvement pendulaire sur le siège du passager, où elle battit des ailes un instant avant de gésir, pantelante. Il démarra, enclencha la marche arrière et sortit la bagnole. La conduite s'avéra beaucoup plus facile qu'il ne l'avait craint. Le faucon ne bougea plus jusqu'à leur arrivée devant la maison de Betty. Là, il descendit de voiture et traîna vers lui l'oiseau qui battait des ailes. Un hippy très pâle, celui-là même qui l'avait coincé dans la douche, était assis sur la première marche du perron, avec un Frisbee noir sur les genoux. Le mec se tenait droit, sans rien pour s'adosser, mais semblait endormi, ou peut-être mort, parce qu'on ne le voyait pas respirer. Il n'était vêtu que d'un Levis cradingue aux jambes raccourcies. George s'arrêta à côté de la voiture et percha la rouge-queue sur son poing. Elle s'envola aussitôt. Il la percha de nouveau. Elle s'envola. Il insista, elle persista. Et ainsi de suite. Il commençait à avoir mal aux épaules. Ses coudes se rouillaient. Mais il ne voulait pas renoncer. Il aurait donné n'importe quoi pour qu'elle reste sur son poing. Il ne voulait pas passer à côté du hippy avec l'oiseau suspendu par les pattes comme un poulet. Malheureusement, il n'avait plus tellement le choix. Sa seule solution était de se faufiler dans la baraque en douce, sans se faire voir, mais, au moment où il posa le pied sur la marche, le mec poussa une gueulante :

— Ouaaaah !

— Hein, qu'est-ce que c'est ? dit George, avec plus de colère dans la voix qu'il ne l'avait voulu.

Il s'immobilisa, le pied sur la marche, et regarda le hippy en face. Ses paupières étaient fermées.

— Ça *plane* ! dit le mec sans ouvrir les yeux.

George se pencha vers lui.

— Qu'est-ce que tu veux dire par là ?

— Oh, ouais !

Le hippy claqua des doigts, une fois, puis deux.

— Fais gaffe, dit George. (Il abattit son bras et lui cogna la tête avec le faucon.) Répète ce que t'as dit !

Le jeune gars ouvrit les yeux. George ne put pas voir ses iris. Ils étaient tellement rouges qu'ils semblaient saigner.

— Casse-toi, Max, dit le mec. Va voir ton film, à chacun son cinéma. (Il ferma ses yeux injectés de sang et claqua des doigts.) Ouais, vas-y *maintenant*, murmura-t-il d'une voix chantante. Vas-y vas-y vas-y vas-y vas-y vas-y vas-y.

George entra dans la maison en ronchonnant. Il trouva Betty affalée sur son pieu, le drap remonté jusqu'au menton, un bras rose potelé devant les yeux.

— Betty, dit-il.

— Ô Seigneur, fit-elle.

Elle ne lui accorda pas un regard, ne bougea pas.

— Je veux clarifier quelque chose, commença-t-il.

— T'aurais pas dû venir.

— J'ai à te parler. Lève-toi.

— Il est vraiment mort ? demanda-t-elle, toujours sans bouger et sans le regarder.

— Oui.

— Je peux pas t'aider.

— J'ai pas dit que tu pouvais m'aider. J'ai dit que je voulais clarifier quelque chose.

— Je peux rien clarifier pour toi non plus.

— Qu'est-ce que tu as fait à Fred ?

— Rien. J'ai rien fait.

Elle roula de côté, le dos tourné, face au mur de stuc jaune et humide. Sous le drap, la colline arrondie de sa hanche semblait se tendre vers lui. Il mit le faucon sur son poing, non pas dans l'espoir qu'il y resterait mais pour éviter de le laisser trop longtemps avec la tête en bas. Par miracle, il s'accrocha sur ses serres et ne s'envola pas. Le mouvement du drap attira le regard du rapace, qui hérissa ses plumes et bomba son jabot, en braquant ses yeux étincelants sur la hanche qui se soulevait et s'abaissait au rythme de la respiration de la fille.

George s'approcha lentement du lit et tapa doucement du genou contre l'armature.

— Va-t'en, dit-elle. Je t'en prie, va-t'en.

En veillant à ne pas déséquilibrer le faucon, et sans vraiment croire qu'il resterait perché sans bouger, il empoigna le drap juste à la base du cou de Betty, sous ses cheveux, et tira. Elle était nue. Les jambes légèrement repliées. Elle ne le regardait toujours pas. Elle était très calme et semblait retenir sa respiration. Son dos blanc et plat paraissait étrangement vulnérable. Ça l'attrista. Mais, en même temps, il eut envie de lui faire mal – une envie qui lui faisait honte, mais qu'il ressentait vraiment.

— Pas maintenant, dit-elle. S'il te plaît… Reviens ce soir, je te ferai ça ce soir.

C'était pour ça qu'il voulait lui faire mal. Au moins la douleur avait une réalité. Ce n'était pas un mot en l'air, on ne pouvait pas la changer en la débaptisant, et on ne pouvait pas davantage l'ignorer. La première fois qu'il l'avait possédée, c'était derrière la boutique, sur la table à découper, à cinq heures de l'après-midi, juste après le départ des autres. Elle s'était allongée, inerte, comme un bout de bois. Et elle avait mâché du chewing-gum pendant toute la séance. Même quand elle avait fait semblant de jouir, elle avait continué à mâcher. Elle n'avait pas entièrement retiré sa culotte. Elle l'avait simplement baissée après avoir retroussé sa mini-jupe, en passant une seule jambe, la droite, de sorte que la culotte était restée accrochée à son genou gauche replié. Elle lui avait demandé de ne pas ôter son froc parce qu'elle avait un cours de lettres à sept heures dix, le soir même. Il fallait qu'il se dépêche. Elle avait déboutonné son corsage pour qu'il puisse lui peloter les seins, mais incomplètement, si bien que le nylon poisseux lui barrait le mamelon et que George eut autant de tissu – qui avait une odeur de pied et un goût d'alu – que de chair dans la bouche. C'était minable et il aurait laissé tomber s'il avait pu, mais elle attendait, patiemment offerte, en lui chuchotant des obscénités dans l'oreille d'une voix aussi neutre et peu engageante qu'une serveuse annonçant une commande à un cuistot.

« Lèche-moi, enfile-moi », disait-elle, et il croyait entendre : *deux œufs au bacon*.

Il n'avait pas pu lui dire toutes les choses qu'il voulait lui dire, qu'il gardait en réserve pour une femme depuis toutes ces années. Il voulait lui parler d'amour. Il voulait la caresser. Mais elle s'obstinait à répéter *bacon-laitue-tomate sur toast, sans mayonnaise* ou *gaufre au sirop* ou *deux burgers avec moutarde, à emporter* et il pensait qu'il n'arriverait jamais à éjaculer. Quand il conclut enfin, par lassitude et désespoir, elle ne le laissa même pas reprendre sa respiration. Elle était déjà debout et refringuée. Elle défroissa sa jupe et il crut qu'elle allait regagner sa Volkswagen sans un mot. Il ne pouvait pas le supporter, alors il dit :

— Tu es douce, tu sais.

Il tendait la main vers son épaule, mais elle lui jeta un regard oblique qui arrêta son geste.

— Tu vas pas en faire un fromage, hein, dis ? demanda-t-elle.

— Quoi ?

— Je t'ai baisé. Mais c'est pas une raison pour en faire un fromage.

— J'ai juste dit que tu étais douce. Tu es belle et douce.

— Je ne suis pas douce. Je t'ai baisé. D'accord. C'est normal de baiser les copains. Mais les copains doivent savoir qu'il y a pas de quoi en faire un fromage.

Elle lissa l'arrière de sa jupe, puis fouilla entre ses cuisses, ploya légèrement sur un genou et secoua une jambe vers le côté, apparemment pour rajuster sa culotte. George poireautait, debout, en se balançant d'un pied sur l'autre. Il avait besoin d'une douche d'urgence.

— T'es pas très branché, O.K., je m'en doute, dit-elle en le lorgnant sans aménité. On peut pas être branché quand on passe sa vie coincé ici à coudre des bouts de tissu pour des gens qui vont péter dessus. Mais, quand même, tu peux comprendre, pas besoin de te monter le bourrichon. Le cul, c'est pas autre chose que du cul. D'accord ?

— D'accord.

Mais il n'y avait pas cru. Il n'y avait pas cru alors et il n'y croyait toujours pas. Il n'y croirait jamais.

— Te prends pas la tête, monsieur Gattling, avait-elle dit en sortant. T'es pas un mauvais coup pour un rotarien d'âge mûr.

En regardant la fille à poil sur le lit, il essayait de ne pas penser au faucon. Rien qu'en y pensant, il risquait de le faire s'envoler. Le système nerveux des faucons était si délicat, si affûté qu'il percevait la moindre variation de ta pression sanguine, de tes battements de cœur, de tes émotions et même des pensées qui te passaient par la tête. Si l'oiselle restait perchée au lieu de se laisser pendre par les pattes, c'était uniquement par fatigue. Elle était sans nourriture, et donc sans eau, depuis près de vingt heures. Et elle s'était presque constamment débattue pendant tout ce temps. Il savait qu'elle n'avait pas dormi de la nuit. En regardant ses plumes primaires, il voyait qu'elle n'avait pas cessé de lutter contre sa laisse et la terre. Elle s'accrochait à son poing maintenant, à la fois étourdie et, pour une raison insondable, captivée par la fille nue.

— Betty.

— Va-t'en.

La fille tourna légèrement la tête. Un œil bleu apparut sous son avant-bras. L'œil s'agrandit. Le bras s'abaissa. Elle se redressa lentement et s'adossa contre le mur.

— Pas l'oiseau, dit-il. Ne regarde pas le faucon.

Elle le regarda tout de même.

— Alors pas ses yeux, dit-il. Ne regarde pas ses yeux.

Le faucon gonfla son jabot. Ses plumes hérissées doublaient son volume. George pensa : *Elle va s'envoler d'une seconde à l'autre. Il y a trop de tension, elle va s'envoler*. Mais elle ne bougea pas. La fille et l'oiselle s'observèrent longuement, face à face. *Ça va être affreux quand elle va s'envoler. Elle va pendre à mon bras comme une volaille. J'aurai honte*.

— Qu'est-ce que t'es venu foutre ici ? demanda-t-elle sans regarder George, comme si la question s'adressait au faucon.

Il ne voulait pas lui avouer qu'il était venu parce qu'il ne tenait plus en place là-bas. Il ne voulait pas passer pour ce qu'il était, à savoir un type brinquebalé de droite et de gauche, bon gré mal gré, sans volonté, sans but. Alors il fit ce que, au fond, il avait fait toute sa vie : il mentit.

— Je veux savoir ce que tu as fait à Fred.

— Tu vas le tuer aussi, celui-ci ?

Un instant, il crut qu'elle l'accusait d'avoir tué le môme. Puis il se rappela le cornet à sandwich et l'épervier.

— J'ai pas tué l'autre, j'ai pas l'intention de tuer celle-là.

— T'es qu'un sadique.

— Non, pas un sadique. Et n'essaie pas de détourner la conversation, je veux savoir.

— Arracher un oiseau au ciel pour l'attacher par les pattes, c'est de la barbarie.

— Seulement pour la dresser. *La* dresser. C'est une femelle.

— Et le dresser pour quoi, pour le plaisir ? dit-elle en ignorant délibérément sa remarque sur son sexe.

— Pour qu'elle fasse pour moi ce qu'elle aurait fait pour elle-même si je l'avais laissée à l'état sauvage.

— Pour tuer des animaux sans défense.

— Elle tuera si elle a faim. *Seulement* si elle a faim.

— Donc tu vas l'affamer.

— Juste assez pour qu'elle chasse. Elle tuera moins en travaillant pour moi que si elle avait continué à chasser en liberté dans les bois. En fait, en la capturant, j'ai retiré un tueur de la circulation.

— En travaillant pour toi ? En *travaillant* pour toi ? Seigneur, tu me dégoûtes. J'ai jamais rien entendu de plus dégoûtant de ma vie. Tu vas le payer à l'heure ? Il sera syndiqué ?

— Elle mangera si elle chasse, elle sera à la diète si elle chasse pas.

— On a regardé le faucon, dit Betty d'une voix soudain très calme, hypnotique. On s'est assis dans les palmiers nains et on a regardé le faucon jusqu'à ce qu'il fasse trop noir pour le voir.

— Quoi ?

Il savait qu'elle parlait du môme et il ne voulait pas l'entendre. Il préférait parler du faucon, ça le détendait, ça le rendait presque heureux. Il ne voulait pas repenser au môme, à la mort, à Precious qui se morfondait à l'hosto. Surtout pas. Basta. Marre. Mais il ne pouvait pas lui dire ça. Il ne pouvait pas réagir ainsi, c'était trop minable.

— C'est pas moi qui l'ai entraîné, poursuivit-elle de la même douce voix hypnotique. J'en avais rien à foutre, du faucon, j'avais pas envie de le regarder. C'est lui qui m'a emmenée au bord du ruisseau, et on s'est assis dans les palmiers.

George ne voulait pas entendre ça. Il ne voulait pas penser au môme. Il était fou d'avoir abordé ce sujet.

— Il voulait pas que je parle, dit-elle. Je voyais qu'il voulait seulement rester assis là et observer cette belle chose sauvage scandaleusement attachée par les pieds dans les bois pendant que tu te gobergeais chez les bourges.

Elle ne l'avait pas regardé une seule fois. Le faucon et la fille étaient liés par une fascination réciproque. George se sentait exclu, relégué sur le banc de touche. Il se leva en traînant les pieds, en espérant que l'oiseau ne s'envolerait pas.

— Dès le moment où je l'ai aperçu, j'ai su que ses yeux voyaient à travers les choses, que son esprit n'était pas du genre à s'embarrasser de... (Elle chercha le mot.)... de *détails*.

— Ouais, comme apprendre à parler, par exemple.

Mais le cœur n'y était pas. Il savait qu'il devait vite poser le faucon avant qu'il ne s'envole. Il se sentait idiot. Il avait à peine murmuré, du coin de la bouche, au moment où sa hanche touchait le tabouret à trois pieds. En un seul mouvement, il se retourna et fixa sur le tabouret la pince métallique qui terminait la laisse, à l'instant même où le faucon s'envolait. Il recula pour contempler le spectacle, comme s'il avait voulu qu'il s'envole, comme si ça faisait partie du dressage. L'oiseau fila directement vers la fille. Retenu par les pattes, il s'écrasa au sol sur le ventre, dans un bruit mat qui faisait pitié. Ses plumes tordues saignaient, mais ses longues ailes continuaient à battre obstinément, comme des balais dans la poussière. La fille s'était plaquée contre le mur. L'expression de son visage n'avait pas changé. Sa voix non plus.

— Vous autres, les rotariens, vous confondez toujours le langage et le sens, dit-elle. Tu ne savais pas ce que Fred savait.

Il se jeta tout habillé sur le petit lit et, d'un coup sec, étendit Betty sur le dos. Elle ne résista pas. Elle écarta les jambes. C'était comme violer un sac de farine. Mais elle ne cessa pas de parler et, tout en parlant, tendait le cou pour apercevoir le faucon.

— Il savait tout, disait-elle. Je le sentais.

George se déloqua, balança ses godasses, mais garda ses chaussettes.

— Je sais à quoi ressemblait le môme, cria-t-il. Je sais !

— À quoi il ressemblait, oui, c'est tout ce que t'as jamais su.

— Je l'aimais !

— Ne prononce pas...

Mais il empoigna sa tête à deux mains, lui tira les cheveux et pressa sa bouche contre la sienne. Il la sentit s'offrir à lui comme jamais encore. Le sac de farine s'animait tout à coup, s'enflammait, prenait des formes, devenait un nœud de muscles en action qui menaçait de le jeter à bas du lit. Mais quand il libéra sa bouche, les mots jaillirent, bouillonnants de haine, alors même qu'elle s'agrippait à lui pour l'attirer plus près, plus profondément.

— Ne prononce pas le mot amour, salaud d'enfoiré !

Il regarda par-dessus son épaule et vit le faucon écartelé sur le sol, la langue raide et tremblante. Son bec acéré, grand ouvert, laissait voir les profondeurs roses de sa gorge. Le battement régulier de ses ailes s'accordait au rythme du déhanchement de la fille sous lui, marquait la cadence, et il se rendit compte que, pour la première fois de sa vie, rien n'était feint. La fille gémissait de plaisir, mais en grinçant des dents comme si elle souffrait. Et, dans un crescendo convulsif, sa chair exulta, explosa telle une énorme citrouille jaune de plaisir sous ses yeux. Pour lui, ce fut comme un évanouissement intérieur, et le battement des ailes l'emporta dans un vertige.

C'était du vrai.

11

Quand George quitta l'appartement de Betty avec, à la main, le faucon suspendu tête en bas, il avait toujours dans la poche la petite culotte bleue sale. Il n'en savait pas plus en repartant qu'en arrivant. Pendant qu'il était assis sur le lit, en s'efforçant de ne pas regarder le faucon affalé par terre, épuisé et tout chiffonné entre ses ailes déployées, Betty lui avait dit d'une toute petite voix, soumise et presque contrite :

— Je suppose que je dois te remercier.

— Pourquoi ?

— Tu m'as fait planer.

Il n'avait pas répondu. *Quelque chose* les avait fait planer, les avait emportés à une altitude qu'ils n'avaient jamais atteinte auparavant. Mais il savait que ce n'était pas de son fait. Ou, si oui, c'était par accident, il n'y était pour rien.

— Je n'avais encore jamais joui, dit-elle en se collant contre son dos. T'es qu'un vieux vicieux, mais je t'aime bien.

Il n'avait pas oublié ses mots de tantôt : *salaud d'enfoiré !*

Elle lui toucha le bras, et une pointe acérée comme le chagrin lui piqua le cœur.

— Je voudrais pouvoir t'expliquer, dit-elle. Je sais que tu veux savoir. Mais je sais pas moi-même.

Elle parlait d'une voix très douce, un murmure, comme si elle s'était entretenue avec elle-même.

— Pendant qu'on regardait le faucon, assis au bord du ruisseau, il m'a embrassée. Il s'est penché simplement et a posé sa bouche sur la mienne.

Elle s'interrompit. Il l'entendait respirer dans son dos, comme une enfant.

— Ça m'a fait un choc. Je pouvais plus parler. Ça te surprend pas ?

Ça le surprenait, mais il se taisait.

— Eh ben, ça m'a surprise aussi, dit-elle. J'en revenais pas. Et ça m'a fait un de ces effets… je savais plus où j'étais. J'ai été dépucelée quand j'étais en troisième. Y a cinq ans. Je peux pas le nier, je reconnais que j'étais venue là pour voir comment réagirait un débile devant une foufoune. Mais c'était une expérience inoffensive, juste pour savoir. Ça pouvait m'être utile, on sait jamais ce qui peut être utile. Mais il était tellement cool, tellement spontané que je savais plus quoi faire. Après, comme il faisait plus assez clair pour regarder le faucon, il a pris ma main et il m'a emmenée dans sa chambre, en me regardant comme on m'avait encore jamais regardée – tu sais bien comment il pouvait te regarder, sans un mot – et il m'a foutue à poil, direct, il m'a retiré mes sapes comme un vrai pro, comme s'il avait fait ça toute sa vie. J'ai été déshabillée par des experts, je peux te dire, mais jamais par des mains pareilles. Ces mains-là, c'était… J'en tremblais, j'en avais les dents qui claquaient.

George renfilait ses fringues en vitesse. Il remonta son falzar sans prendre le temps de boutonner sa chemise. Il voulait entendre et ne voulait pas entendre. Il voulait savoir et ne voulait pas savoir. Dans sa hâte, il buta contre la table où le Colonel Sanders contemplait toujours le vide sur le carton à rayures rouges. Le carton roula par terre en répandant des os de poulet et des bouts de gras. Le bruit effaroucha le faucon, qui s'envola, bascula en l'air au bout de la laisse et s'étala dans les os éparpillés, où il se redressa en gonflant la gorge, l'œil étincelant, comme s'il avait reconstitué de mémoire le squelette du poulet, comme s'il avait ressuscité l'oiseau mort et digéré depuis des jours et s'apprêtait à le tuer de nouveau.

— Il m'a laissé que mon slip. Il prenait mes mesures avec ses mains. C'était l'impression que ça me faisait. J'étais là, en petite culotte, et il suivait mes contours avec ses mains. J'avais la sensation d'être séparée du monde et d'être *moi* pour la première fois de ma vie. Tu peux comprendre ça ? C'était comme si je prenais une identité entre ses mains, comme si je me découvrais telle que j'étais, différente de toutes les autres, comme s'il me dessinait un corps. Ah ! C'était fantastique.

George furetait dans la chambre à la recherche d'une de ses godasses. Il s'affolait et finit par la dénicher sous une commode. Il la chaussa sans la lacer, cueillit le faucon au milieu des os de poulet et l'attacha à sa main droite gantée. Elle s'envola. Il la remit sur son poing. Elle s'envola de nouveau. Il renonça et observa la fille nue, qui parlait toujours, de cette même voix hypnotique, le regard fixé dans le vide, sur un point à droite de sa tête.

— ... ouais. Ouais, vraiment. Ce garçon avait de ces yeux et de ces mains. Il me déshabillait, il me touchait et c'était comme si mon corps était resté en sommeil toute ma vie.

Elle baissa les yeux et leurs regards se croisèrent. George ne reconnaissait pas l'expression de son visage ; il lui fallut un certain temps avant de se rendre compte qu'elle souriait, parce que c'était un sourire qu'il n'avait encore jamais vu chez elle.

— Il ne m'a pas fait l'amour, dit-elle.

Il tourna les talons et se dirigea vers la porte. Le faucon vacillait.

— Jusqu'à aujourd'hui, dit-elle. Tu m'as fait jouir et je suppose que tu as le droit de savoir pourquoi. Je te dois bien ça. Je pensais à Fred. C'était lui que je serrais entre mes jambes. Je pensais tout le temps à Fred. Oui, c'était lui que je serrais entre mes jambes. C'est Fred qui m'a fait l'amour dans cette chambre aujourd'hui.

George sortit dans le couloir, comme un

aveugle, avec le faucon qui se cognait contre le plâtre humide des murs. Il faillit trébucher sur le hippy, qui chantonnait toujours, vapé, sur la première marche du perron.

Quand il arriva à la maison, Billy Bob Mavis – qui persistait à le regarder et à lui parler comme à un aliéné – était encore là. Au moins, il ne regardait plus le faucon. Il avait retenu la leçon et mettait même maintenant un point d'honneur à *ne pas* regarder le faucon. Mais ça énervait George tout autant, sinon plus, parce qu'il était clair que Billy Bob faisait ça pour ne pas le contrarier, par égard pour son aliénation mentale. Dès que George franchit la porte du living-room, il vint au-devant de lui, la tête tournée, en lui parlant du coin de la bouche. George aurait pu le tuer, lui tordre le cou pour lui faire cracher sa connerie.

— Le gosse est au funérarium Mason-Williams, dit Billy Bob en se présentant pratiquement de profil. J'ai appelé ta…

— Merde, Billy Bob, tu peux me regarder, moi.

— D'accord.

Il lui fit face, mais en s'appliquant à ne regarder que son front pour éviter de croiser ses yeux.

— J'ai appelé ta mère, reprit-il. Ils seront là ce soir. Elle prévient le reste de la famille. J'ai parlé au docteur, il dit que Precious commence à remonter la pente. Il lui a filé des calmants mais, ça y est, elle est déjà réveillée. Il a dit qu'elle pourrait rentrer à la maison, mais il veut la garder encore une nuit.

George releva l'oiselle. Elle s'envola. Il la releva encore. Elle s'envola encore. Il la releva une troisième fois et la maintint sur son poing avec son autre main jusqu'à ce qu'elle se calme et ferme son bec, puis il la laissa retomber. Suspendue au bout de la laisse, elle relâcha ses longues ailes, dévoilant une gorge rougie par le sang de ses meurtrissures. Billy Bob l'observait, ou essayait de l'observer, du coin de l'œil.

— Elle veut que tu l'appelles, dit-il.

— Quoi ?

— Ta mère. Elle allait pas très bien. Elle est tombée dans les pommes au bout du fil. Y avait personne avec elle. J'ai dû attendre qu'elle ait repris connaissance pour finir mon histoire. Elle voulait te parler, c'était tout ce qu'elle voulait. Je lui ai dit que t'étais à l'hôpital.

— À l'hôpital ?

— Avec Precious. Je savais pas où t'étais allé. Où tu…

— Je l'appellerai. Entendu. Et je te remercie pour tout ce que tu as fait. Ça va aller maintenant. Tu peux rentrer chez toi, Billy Bob.

— Je peux rester.

— Je te remercie, mais c'est pas nécessaire.

— Je…

— Je veux être seul.

— Pourquoi que tu viendrais pas à la maison et…

— J'aime mieux pas, Billy Bob.

— Dis… te fous pas en rogne, mais ce…

ce faucon, tu vas le garder attaché à ta main comme ça ?

— Oui.

— George, tu peux pas.

— Si, je peux.

— Tu sais ce que les gens vont…

— Je peux, je te dis.

— D'accord. D'accord. Euh… j'ai dit à ta mère que tu l'appellerais. Tu le feras ?

— Oui.

Billy Bob alla ouvrir la porte, mais s'arrêta sur le seuil.

— J'ai appelé l'atelier, reprit-il. Je leur ai dit. Je leur ai dit de terminer ce qu'ils avaient en train et de fermer pour la journée. Je crois que c'était la chose à faire.

— Oui.

— Tu tiendras le coup ?

George lui lança un regard tel qu'il n'attendit pas la réponse.

— Je te téléphonerai. Je repasserai plus tard.

Et il s'éclipsa.

Parce que c'était la dernière chose au monde qu'il eût envie de faire et parce qu'il savait qu'il était obligé de le faire, il fonça directement vers le téléphone pour appeler sa mère. Il s'assit sur une chaise, blottit le faucon dans le sillon creusé entre ses jambes jointes et tira ses pattes en arrière avec la laisse. Il posa sa main gauche sur son large dos et immobilisa ses ailes. Avec les dents il retira son gant droit, coinça le combiné entre son épaule et son oreille, et composa le numéro. Un. Indicatif de zone : neuf cent douze. Numéro : sept cent soixante-cinq, dix-huit, soixante-deux.

Clic.

Voix de l'opératrice :

— Quel est votre numéro, s'il vous plaît ?

— Trois cent soixante-dix-huit, zéro deux, trente-sept.

— Merci.

— De rien.

Il aurait voulu qu'elle reste en ligne, qu'elle lui dise autre chose, il aurait voulu pouvoir parler un moment avec une inconnue pour se calmer les nerfs. Le faucon se débattit légèrement sous sa main. Dans son oreille, il entendit sonner. Il attendit en silence. Ça sonnait dans la maison où il avait passé son enfance et sa jeunesse. Il n'y avait pas de sonnerie à l'époque, pas de téléphone. Même pas d'électricité. C'était tout un flot de souvenirs qui résonnait maintenant dans son oreille. Les lampes à pétrole. La cheminée en hiver, qui lui rôtissait les tibias pendant qu'il se gelait le dos dans la sombre pièce principale, sans papier peint, de la maison sans crépi, sur la route sans pavés, sous les branches noires des mélias d'Inde. Sa mère. Son amour rigoureux et sec comme la justice. Toujours la justice. Elle croyait à la justice. Elle croyait à la droiture et à la vérité du monde ordinaire. En un sens, ainsi qu'il avait fini par le comprendre, la véritable bible de sa mère était le catalogue Sears et Roebuck. L'infini potentiel de la publicité. C'était tout cela qui lui revenait en mémoire soudain… Mais était-ce vraiment un retour ? Ces souvenirs l'avaient-ils jamais quitté ? Ils étaient là depuis toujours, chevillés dans son corps, solides et durs comme de l'os. Des faits.

Precious et lui suçaient des sucres d'orge. Les enfants n'étaient que des présences visibles ; on ne les entendait jamais ; la vie et tout ce qu'il y avait d'important appartenaient aux grandes personnes. Et l'important, c'étaient les mutilations et les maladies – des maladies chroniques, lentes et toujours mortelles au bout du compte. Le mardi et le jeudi, trois dames patronnesses se pointaient à la maison, trois grosses femmes empaquetées dans des robes du catalogue, avec, sur la tête, des indéfrisables concoctées par le seul salon de beauté de la ville et, au bras, les inévitables sacs à main en cuir assortis aux inévitables pompes en cuir qu'elles avaient vus sur les mannequins difformes de Sav-A-Lot, le grand magasin tenu par le seul Juif du comté, Isaiah Goldwasser.

Elles se mettaient à la couture de bon matin et se tapaient du patchwork jusqu'à ce qu'il fasse trop sombre pour continuer. Elles travaillaient devant un cadre carré suspendu au plafond. Sur ce cadre était tendue une pièce de tissu de couleur unie. Par là-dessus, elles posaient une couche de coton et, sur le coton, cousaient des petits bouts d'étoffes, des déchirures de chiffons, de différentes formes et de différentes couleurs. Chacune des quatre femmes s'attelait à un côté du carré et besognait dès la première lueur du jour pour ne s'arrêter que lorsque le soir obligeait à allumer les lampes à pétrole. Et, pendant ce temps, sa sœur et lui suçotaient leurs sucres d'orge, en écoutant les interminables papotages qui couvraient le cliquetis des dés à coudre et des aiguilles et le froufrou des quatre paires de guibolles engoncées dans d'épais bas de contention – parce que le catalogue affirmait que les bas de contention empêchaient l'apparition de varices, en dépit du fait vérifiable que les huit jambes, sans exception, étaient torsadées de veines noueuses et violacées. C'était pendant une scène comme celle-là qu'il avait appris la mort de son père, qu'il n'avait jamais connu.

— Mort ?

— Comme un clou de porte.

— Et tu ne t'étais aperçue de rien ?

— De rien jusqu'à ce que je me lève pour préparer le petit déjeuner. D'habitude, il était aux champs quand je me levais, voyez. Quand j'ouvrais l'œil, il avait déjà allumé le poêle et il labourait. Quand le petit déjeuner était prêt, je sonnais la cloche, il attachait la jument et il venait manger.

— Mais pas ce matin-là.

— Ce matin-là, il était mort comme un clou de porte.

— Mais tu ne le savais pas.

— C'est sûr que ça se voit pas tout de suite.

— Je me suis réveillée et il était encore au lit. J'ai pensé, le pauvre, il a trop travaillé. Je me suis levée, j'ai fait le casse-croûte et j'ai envoyé George réveiller son père. George avait trois ans, à l'époque, et Precious huit mois. Donc, j'ai envoyé George. Le pauvre gosse, il est revenu en disant que son papa voulait pas se réveiller et qu'il avait le nez froid. Alors, je suis retournée voir par moi-même.

— Mort.

— Comme un clou de porte.

— Et personne pour t'aider.

— Pas une âme.

— Seule.

— Comme au jour de ma naissance.

— Ah, c'est dur, la vie, des fois.

— C'est une épreuve.

— Une chose après l'autre.

— Le principal, c'est d'avoir la santé.

— Je l'ai toujours dit.

— Et après ?

— Après ? Ben, j'étais mal, tiens. J'étais qu'une gosse de dix-huit ans, avec deux bébés sur les bras, dans une ferme avec un mari froid, à quinze kilomètres de la ferme la plus proche, sans voiture. Il y avait la jument dans le pré, mais le seul qui pouvait l'atteler, c'était l'homme qui venait de mourir devant moi.

— Il ne te restait qu'à espérer que quelqu'un passe et aille chercher du secours.

— Espérer ? Comme je dis toujours, espère dans une main et chie dans l'autre, tu verras laquelle des deux se remplit le plus vite.

(Ce qu'elle pouvait être vulgaire, parfois. Et fielleuse aussi. Ne leur avait-elle pas dit, un jour, à lui et à sa sœur : « Vous êtes les deux moutards les plus piteux qu'une mère a jamais chiés par son trou de cul. »)

— Non, j'espérais rien. J'ai jamais cru à l'espoir, c'est pas mon genre. J'ai pris Precious sur un bras, le gosse derrière, et on a marché. Quinze kilomètres. En pleurant tout le long du chemin. En plein hiver. Vous savez pas ce que c'est que le malheur, je vous le dis.

— Quand on veut, on peut.

— C'est ce que je dis toujours.

— Mon Dieu… mon Dieu… mon Dieu…

Sa mère était au bout du fil. Elle chialait.

— C'est moi, Ma. George.

Elle poussa un cri terrifiant. Il serra le faucon, de crainte que le cri ne s'entende à distance, et attendit qu'elle se taise.

— Ma ?

— Fils ? Fils ? Oh ! Ooooooh !

— Billy Bob a dit… Je viens de rentrer et Billy Bob m'a dit de t'appeler et…

— J'ai pas cru un mot, George, pas un *mot*.

— C'est la vérité, Ma.

Il l'entendit grincer des dents. Puis il y eut un bruit mat, comme si elle se frappait le front avec le poing. Il l'avait vue faire ça, grincer des dents et se taper la tête, à des enterrements de gens qu'elle connaissait à peine. À Bainbridge, elle ne ratait jamais un enterrement.

— Tout est vrai, reprit-il.

— Ce pauvre gosse handicapé, gémit-elle.

— Il est mort, dit George, pensant que le fait de prononcer le mot faciliterait les choses.

— J'ai cru que Billy Bob était devenu fou. Il a toujours eu une case en moins, Billy Bob, et j'ai cru que, ce coup-là, il était devenu fou pour de bon.

— Non, il n'est pas devenu fou.

— Le petit s'est *noyé* ?

— Oui.

— Et tu… tu… t'as un oiseau attaché à ton poignet ?

George se redressa et serra le faucon plus fort.

— Quoi ?

— Il a dit que t'avais un oiseau, un faucon, attaché à ta main.

Quel crétin. Plus con que Billy Bob, ça n'existait pas sur cette terre.

— Il m'a dit que le pauvre petit était mort et puis il s'est mis à parler d'oiseaux. Il avait plus que ça à la bouche. *Des oiseaux ! Des oiseaux ! Des faucons !*

Elle devenait hystérique. Il prit son mal en patience, en attendant la fin de la tempête. Il cala le téléphone entre son oreille et son épaule puis, de sa main libre, sortit la petite culotte bleue de sa poche. Il la drapa sur la main gantée qui tenait le faucon. À demi caché sous un faux pli, un SUNDAY jauni se mit à onduler au rythme de la respiration saccadée de l'oiseau, pendant que la voix stridente de sa mère vibrait dans son oreille.

— … fait mourir de faim deux oiseaux dans la… dans la *penderie*…

— Non, dit George.

— Je le savais, aboya sa mère. Je savais bien que Billy Bob était fou.

— Je ne les ai pas fait mourir de faim. Ils avaient de la nourriture. Ils n'ont pas voulu manger. C'est tout.

— Mais ils sont morts.

— Ah oui, pour ça, ils sont morts.

— Dans la penderie ?

— Oui.

— George ?

— Quoi ?

— Tu m'appelles d'où ?

— De la maison.

— Où, dans la maison ?

— Dans la chambre du gosse.

Il l'entendit soupirer pesamment.

— À la bonne heure, dit-elle. Je le savais.

— Quoi, Ma ?

— Billy Bob disait que tu le gardais tout le temps attaché à la main. Mais si t'es dans la maison, c'est pas possible…

— Ma ? (Elle fit silence brusquement.) Il est toujours attaché à ma main.

— En ce moment ? lança-t-elle, sèche comme un coup de trique. Un faucon dans la maison, *dans la chambre du petit* ?

Elle avait radicalement changé de ton. Il n'y avait plus une trace de chagrin, plus la moindre faiblesse dans sa voix.

— J'arrive, dit-elle, je suis là dans quatre heures. Ne bouge pas de cette maison, tu m'entends ?

Elle n'attendit pas sa réponse. Fin de la communication.

George se pencha sur le faucon pour le palper des deux mains et dit d'une voix très douce :

— Le seul homme que le prince de Galles ait jamais reçu debout était le fauconnier royal.

À nouveau, il eut l'impression d'être un enfant récitant une leçon. Mais ce qu'il avait dit était vrai. Si quelqu'un s'avisait d'en douter devant lui, il pourrait citer le titre du livre dans lequel il l'avait lu. Il sourit. C'était un fait.

12

— Le *seul* homme que le prince de Galles ait jamais reçu debout était le fauconnier royal.

George se tenait dans les palmiers nains à côté du ruisseau. Les étoiles scintillaient entre les branches noires des arbres derrière sa baraque. Sa mère le surplombait comme une ombre informe. Precious était à la maison, allongée sur son lit, où elle invoquait le nom de Fred. À travers la porte vitrée coulissante, entre les murs lambrissés du living-room, George apercevait les épaisses silhouettes mouvantes des gens qui étaient venus avec sa mère. Devant la porte d'entrée, c'était un manège incessant de voitures qui arrivaient et repartaient.

— George, dit sa mère.

Elle avait une voix cassante, implacable. C'était cette même voix qui lui avait dit qu'il était le plus affreux moutard qu'une mère ait jamais chié par son trou de cul.

Il essayait de s'expliquer en employant le seul langage qu'elle semblait susceptible de comprendre. Il lui raconta comment le prince de Galles se comportait envers le fauconnier royal.

— C'est pas imaginable, dit sa mère sans l'écouter. Tu vas faire mourir ta sœur.

— Tu comprends l'attitude du prince de Galles ?

— Tu me tues. (Elle n'écoutait toujours pas, elle n'avait pas écouté un mot.) C'est un fardeau pour nous tous. Tu me tues. Ta sœur ne mérite pas ça.

Non, sa sœur ne méritait pas ça. C'était injuste. Invendable. Un article pareil dans un catalogue, c'était une horreur. Personne ne l'achèterait.

— C'est qui, tous ces gens ? demanda-t-il.

— Ils viennent de l'atelier. Billy Bob s'est drôlement activé. Il a été d'un grand secours. S'il avait pas été là, je me demande ce qu'on aurait fait.

Elle ne fit pas allusion à Alonzo. Mais George savait qu'il était là. Il ne l'avait pas vu, mais il avait aperçu son ombre, une ombre énorme qui s'étalait sur un pan de mur entier, emplissait toute une fenêtre. George ne pouvait pas être sûr que ce fût Alonzo, mais il était certain que sa mère l'avait fait venir, rien que pour l'emmerder.

— Tout le monde t'attend à la maison.

— Je ne viens pas.

— Tu veux que j'envoie le pasteur Roe ici ?

— Quoi ?

— Le pasteur Roe. Il nous accompagne.

— T'as amené un pasteur ?

— Le pasteur Roe nous accompagne. C'est fait pour ça, les pasteurs. Tu veux que je te l'envoie ?

— T'avais pas besoin d'amener un pasteur. On en aurait trouvé un sur place.

— Je te l'envoie.

Il vit la grosse ombre pivoter.

— Attends. (L'ombre se retourna en s'élargissant.) Ne l'envoie pas ici. Je veux pas le voir, je le connais pas.

— T'as pas besoin de le connaître. Il est là pour accomplir l'œuvre du Seigneur. Il s'intéresse seulement à l'œuvre du Seigneur, à ton âme, à des trucs comme ça.

— Des trucs comme quoi ? Qu'est-ce que tu racontes ?

— T'es là avec c't oiseau sur le bras. C'est pas normal d'avoir c't oiseau sur le bras. Y a quelque chose de pas net chez toi, sinon tu rentrerais à la maison et tu te conduirais comme il faut. C'est important de se conduire bien dans la vie, mais y a quelque chose qui te ronge.

— Y a rien qui me ronge.

— Tu peux le dire au pasteur. Rien n'est étranger à un pasteur en ce bas monde. Il connaît les souillures du cœur de l'homme.

Comme toujours, la bouche de sa mère le terrifia. Elle s'était approchée, se penchait vers lui du haut de la pente et son visage faisait écran au ciel. Immédiatement, il sentit son cœur glouglouter et gargouiller comme un égout dans sa poitrine, se remplir de capotes, de pelures d'orange, de sperme, de membrane fœtale jusqu'à ce qu'il ne puisse presque plus respirer.

— Les rois offraient des faucons en cadeau, dit-il, le souffle court.

— Quoi ? De quoi ?

— Ma… c'est ce que j'essayais de te dire. Il a de la valeur. Je peux pas lâcher ce faucon. Le prince de Galles ne se serait jamais levé devant le fauconnier si ces oiseaux n'avaient pas eu de valeur.

— C'était l'ancien temps, ça, et c'étaient pas des gens comme nous.

— Les choses avaient leur prix comme maintenant. Tu sais combien vaudra ce faucon quand j'aurai fini de le dresser ?

Elle ne répondit pas. Ils contemplèrent tous deux l'oiselle qui pendait à l'envers à son poignet. Elle avait les paupières closes et semblait ne pas respirer. Elle décrivait des demi-tours incroyablement lents au bout de la laisse. Il eut soudain peur qu'elle ne soit déjà morte.

— Bon Dieu, dit-il en la soulevant délicatement dans sa main libre. Un paquet de fric, il vaudra. Parfaitement. Cet oiseau aura de la valeur. C'est précieux, un faucon dressé.

Les paupières toujours closes, le faucon ouvrit son bec crochu, courba le cou et gloussa deux fois, comme un poulet.

— Elle fait peut-être des bruits de poule, mais faut pas s'y fier. Quand elle sera dressée, elle sera capable de soulever un jeune chien.

— Un chien ?

— Exact.

— Je t'envoie le pasteur, dit-elle en tournant les talons.

Il la regarda gravir la pente et disparaître. Il souleva le faucon et souffla doucement sur sa tête. Ses paupières grises frémirent. Il détourna le visage. Il la sentait se débattre dans ses mains. Mais il ne voulait pas la lâcher. Elle était restée trop longtemps tête en bas. Elle avait trop chaud. Il la tenait toujours à deux mains quand il entendit la porte en verre coulisser. Il jeta un œil : quelqu'un venait de sortir et descendait vers lui à travers les palmiers. George savait que ce n'était pas le pasteur. C'était Alonzo. Il ne pouvait pas y avoir deux mecs aussi balèzes dans toute la Géorgie et la Floride. Il frisait les cent cinquante kilos. En tout cas, il les faisait quelques années plus tôt, quand il avait déserté, et il n'avait pas l'air d'avoir perdu du poids. Il n'avait pas un poil de graisse et se déplaçait comme un danseur ou un boxeur. Sa gueule de pastèque était couronnée de fines torsades de cheveux roux et son cou épais était un nœud serré de muscles. George ne l'aimait pas, n'avait jamais pu le blairer. Même avant sa désertion, il le haïssait déjà, parce que Alonzo passait son temps à fendre des annuaires en deux avec les dents, à tordre des pièces de monnaie entre ses gros doigts ou à déchirer des balles de tennis. Il ne te foutait pas la paix tant que tu n'avais pas essayé d'en faire autant – un peu comme Precious avec ses devinettes, quand elle te serinait avec les questions de *Family Weekly Magazine*. Un jour, Alonzo avait essayé de soulever un mulet. Il avait calé, réussissant seulement à casser trois côtes à la pauvre bête.

Alonzo se campa devant lui. George ne voyait plus la maison. Il ne savait pas quoi dire. Il était mal à l'aise. Qu'est-ce que tu peux dire à un mec qui abandonne sa femme et un enfant attardé et qui vient refaire un tour de piste vingt ans plus tard pour enterrer l'enfant attardé devenu un adulte attardé ? Enfin, c'était tout de même son fils et George ne put s'empêcher d'avoir pitié.

— Je devrais t'arracher le bras et te défoncer le crâne avec le moignon sanglant, dit Alonzo entre ses dents.

George, qui ouvrait déjà la bouche pour compatir sincèrement, la referma aussitôt.

— Putain, t'as même pas de respect pour les morts.

L'ombre gigantesque se pencha en avant. George s'attendit à prendre un coup. Il serra le faucon entre ses mains. Mais apparemment, Alonzo voulait seulement voir l'oiseau de plus près.

— Mais c'est que t'as *vraiment* un oiseau attaché à la main.

— Un faucon, dit George à voix basse.

— Maintenant écoute-moi bien, dit Alonzo d'un ton franchement effrayant. Mon garçon est mort. Y a des gens qui sont venus pour l'enterrer. C'est une tragédie. On est tous en pleine tragédie.

Je vais compter jusqu'à dix. Si, à dix, t'as pas détaché ce machin de ta main et que t'es pas rentré pour te conduire comme un homme, avec de l'éducation, je t'éclate la gueule. T'as pigé ?

Avant que George n'ait pu répondre, n'ait trouvé quelque chose à dire, Alonzo réitéra sa menace, lentement, sur le même ton effrayant. Il s'ensuivit un silence plus effrayant encore.

— Un, dit Alonzo.

George se demanda s'il avait bu.

— Deux.

George aurait-il le cran de lui rappeler que c'était *lui* qui avait déserté ?

— Trois.

Salaud de brute de gros con plein de biceps.

— Quatre.

Il ne pouvait rien dire à Alonzo…

— Cinq.

… parce que Alonzo était trop baraqué…

— Six.

… trop fort, qu'il pesait au moins soixante-quinze kilos de plus que lui et…

— Sept.

… qu'il lui flanquerait probablement une dérouillée maison s'il s'avisait de dire quelque chose, même une vérité.

— Huit.

Mais, puisqu'il n'avait aucune chance de s'en tirer en piquant un sprint dans le noir avec le faucon, il décida, tant qu'à faire, de lui dire tout de même une vérité.

— Neuf.

— Tu serais pas capable de dresser un faucon.

— Quoi ?

— J'ai dit que tu serais pas capable de dresser un faucon.

— Écoute, si t'es cinglé, j'en ai rien à foutre. Le gosse est mort, y a des gens là-haut et tu vas te conduire comme il faut. Si tu te conduis pas comme il faut, cinglé ou pas, je te fais la tête au carré.

— Je ne suis pas fou.

— Alors, arrête de parler comme un fou.

— Je ne parle pas comme un fou. C'est une vérité. Ce que j'ai dit est un fait avéré. Tu ne pourrais pas dresser un faucon. Un connard ne peut pas élever et dresser un faucon.

— Qu… quoi ?

Pour Alonzo, l'idée que quelqu'un ait pu le traiter de connard dépassait les limites de l'entendement humain. Il était convaincu d'être plus mastard, plus fort et plus méchant que quiconque croisant son chemin en ce monde et il pensait que c'était un argument de poids. Ça l'avait toujours été. Et, effectivement, un quintal et demi n'était pas une réalité à prendre à la légère.

— Le faucon a un système nerveux très, très délicat et ne peut pas être dressé par un connard.

L'immense ombre portée qui tombait sur la souche où George était assis ne bougea pas. Mais la respiration sifflante d'Alonzo s'amplifia, comme celle d'une bête tapie, prête à bondir. George était impressionné par son propre culot.

— Un sale type ne peut pas dresser un faucon. Pour apprivoiser un faucon, il faut… il faut avoir du sentiment. L'oiseau se règle sur tes moindres pulsations, sur les battements de ton cœur. Un mec qui a pas de cœur peut pas apprivoiser un faucon. T'es une pierre qui veut se faire passer pour un homme, Alonzo. C'est tout ce que t'es.

Il fallait en avoir dans le ventre pour dire ça, quand on s'attendait à se faire étrangler d'une minute à l'autre, et George avait fait fort. Il était vidé, maintenant. La brise nocturne bruissait dans les feuillages autour d'eux. Des profondeurs du silence s'éleva la voix de Precious, qui criait le nom de son fils dans la maison.

Alonzo gémit et s'effondra. Sa chute fit sursauter le faucon. À travers le gant de cuir, George sentit son cœur s'emballer. Alonzo s'étala dans les palmiers nains, gigota dans tous les sens et, finalement, s'immobilisa sur le dos. George pensa qu'il avait eu une attaque.

— J'ai eu peur, dit Alonzo. Mais tu peux pas comprendre, de toute façon. Comment que tu pourrais comprendre ça, hein ?

George caressa le faucon avec une plume.

— Comprendre quoi ? demanda-t-il.

— Ce que t'as dit.

— C'est dans les livres, c'est prouvé, les faucons…

— Oh, arrête ça. Fais pas chier, dit Alonzo d'une voix plate, dépassionnée.

— Mais c'est la vérité, j'ai un liv…

— Me prends pas pour un con, tu parlais pas des faucons.

Le corps affalé était énorme et puissant, mais la voix était faible comme celle d'une femme.

— Tu parlais du petit. Tu pensais à Fred. C'était mon fils.

De violents sanglots le secouèrent.

— Mon fils. Mon fils. C'est facile de dire que j'ai pas de cœur. Que je sais pas aimer. Que je suis une pierre. Les pierres n'ont pas de fils, pauvre mec. Les pierres ne perdent pas leur fils.

George avait-il voulu parler de Fred ? Avait-il finalement dit à Alonzo ce qu'il avait toujours voulu lui dire sans jamais en avoir le courage, et simplement en se servant du faucon comme prétexte ? Il ne le saurait jamais. Il savait seulement ce qu'il pensait, et ce qu'il pensait ne semblait faire aucune différence, ni dans un sens ni dans l'autre. Absolument aucune différence.

— Qu'est-ce que tu peux y comprendre, hein ?

— Rien, dit George. Je peux rien y comprendre.

— T'as jamais eu de femme. (C'était une accusation.)

— Non.

— T'as jamais eu de fils.

— Non.

— J'ai eu peur. Ça te dépasse ? J'ai eu peur. Je sentais que tout ça était mal barré. Je voyais bien qu'il était pas comme les autres, qu'il avait pas le sens commun. Je savais qu'il serait jamais comme nous. Qu'est-ce que tu peux faire dans la vie quand t'as pas le sens commun ?

— Je ne sais pas, fit George d'un air absent.

— Je voulais pas de ça. J'avais pas demandé ça. Quand c'est arrivé, quand tout le monde s'est rendu compte qu'il serait jamais comme les autres, j'ai pas pu le supporter. J'ai pas pu, c'est tout.

Alonzo se redressa. Il était assis de profil, maintenant, il avait le visage éclairé par la maison et on voyait qu'il avait pleuré.

— Mais j'ai jamais cessé de penser à lui. Pas une seule fois en vingt ans j'ai cessé de penser que, quelque part, les gens regardaient mon fils comme une bête curieuse, avaient pitié de lui, le montraient du doigt. Ô Seigneur, mon fils !

Alonzo renversa la tête en arrière et hurla vers le ciel :

— Je t'aimais !

— Frère Gattling ? dit une voix grasseyante en haut de la pente.

Alonzo se leva fissa.

— C'est le pasteur, fit-il. N'oublie pas ce que je t'ai dit, ajouta-t-il en se tournant vers George.

Et il remonta, laissant George dubitatif : de quoi devait-il se souvenir au juste ? Il entendit un bref dialogue murmuré quand Alonzo croisa le pasteur. Sans décoller son cul de la souche de chêne, il leva la rouge-queue pour qu'elle puisse respirer. Elle semblait reprendre des forces à mesure que le soir tombait et que l'air fraîchissait.

— C'est une grande tragédie, dit le pasteur Roe avec douceur.

— Oui, dit George. Oui, monsieur.

Il essaya de voir quelle tête il avait, mais l'homme était à moitié dans l'ombre. Il y avait des années que George n'avait pas parlé à un pasteur, depuis qu'il était môme en fait, et celui-ci l'intimidait autant que les pasteurs de son enfance. Le gars s'approcha.

— La vie est une tragédie.

Il était toujours impossible de voir son visage. Il restait obstinément de profil. Quelqu'un, probablement Billy Bob, avait dû lui expliquer qu'il ne fallait pas regarder le faucon dans les yeux.

— Oui, dit George.

Il aurait dû dire « oui, monsieur » mais, merde, il avait quarante-trois piges et, même s'il se sentait penaud comme un gosse devant le pasteur, il était vraisemblablement plus âgé que lui et il était déterminé à se conduire en grande personne.

— Souffrance et maladie, continua Roe en secouant tristement la tête.

Ça ne faisait plus de doute maintenant. Quelqu'un lui avait dit de garder la tête tournée. Mais, comme les autres, il croyait à une lubie et se méprenait sur le sens de la recommandation, si bien qu'il s'appliquait à ne pas regarder George non plus, ce qui devenait carrément ridicule.

— Misère des corps et misère des âmes, dit George.

C'était assez facile d'improviser, une fois qu'on

avait pigé l'idée générale. Il suffisait de rester dans le sujet : la souffrance, la peur et la mort.

— Toute chair est appelée à pourrir, dit le prêtre, et Dieu dans sa grande sagesse sait pourquoi.

— C'est bien vrai, ça, Il *sait*, approuva George avec une telle conviction que, l'espace d'une seconde, il faillit y croire.

— Nous sommes tous des créatures de Dieu, nous sommes tous faits de chair.

Le pasteur s'approcha encore. Il était presque au-dessus de la souche maintenant.

— Aucun de nous n'est fait de fer ou d'acier, aucun de nous n'est mû par l'électricité.

— La poussière retourne en poussière, dit George.

— Vous êtes une créature de Dieu, je suis une créature de Dieu, tout être vivant est une créature de Dieu.

— Dieu veille sur toutes ses créatures.

— Amen ! cria le pasteur en tombant à genoux devant George.

L'oiselle épuisée, qui reposait tranquillement sur le gant de George, prit peur, s'envola et, retenue par la laisse, battit le sol de ses longues ailes effilochées. George tira doucement sur la laisse pour la relever. Le pasteur avait les rotules à quelques centimètres de la souche. S'il avait tourné la tête face à George, ils se seraient retrouvés presque nez à nez. Mais il persistait à ne pas le regarder, de sorte qu'un voile d'ombre masquait toujours son visage.

— Voulez-vous vous agenouiller avec moi, mon frère ?

George se leva et s'agenouilla dans la terre humide. Il se sentit tout con. Au-dessus de la tête du prêtre, les étoiles étaient comme des découpures de papier argenté collées sur le ciel, la maison en carton-pâte semblait avoir de fausses fenêtres illuminées de l'intérieur par des projecteurs artistiquement disposés et, dans l'obscurité, devant la scène, le public silencieux retenait son souffle.

— Vous savez prier, mon frère ?

— Oui, dit George.

Il aurait aimé pouvoir dire « mon frère », lui aussi. Ça aurait ajouté un petit quelque chose

— Priez, dit le prêtre. Priez pour nous.

George récita le *Notre Père*. À chaque fin de verset, il avait peur de ne pas se rappeler le suivant. Mais tous les mots s'enchaînèrent sans accroc jusqu'au *amen* final que le pasteur prononça avec lui. Une idée marrante lui traversa l'esprit : maintenant, se dit-il, il n'y avait plus qu'à hisser le drapeau et à prêter allégeance, main sur le cœur, en promettant d'être fair-play. Mais cette pensée lui fila le trac. C'était un blasphème de rigoler avec ça. Parce que Dieu ne rigolait pas, Lui, attention. Toutes les prières, tous les sermons, tous les prédicateurs le rabâchaient : Dieu ne rigole pas. Et, même s'Il n'existait pas, ça ne changeait rien, Il ne rigolait pas.

— Amen ! répéta George en tâchant d'y mettre un peu plus d'enthousiasme.

— Tu as péché.

Le prêtre attendit le répons.

— Oui.

— Nous avons tous péché contre le mystère de l'amour de Dieu.

— Oui.

— Nous avons tous des pensées inavouables.

— Oui.

— Des désirs inavouables.

— Oui.

George se prenait au jeu, le récitatif monotone et mécanique lui donnait des sueurs froides. Le chuchotement passionné du pasteur l'enflammait. Et le *mea culpa* continua, le chuchotement énumérait inlassablement toutes les fautes, toutes les hontes qui pouvaient entacher une âme.

— Il n'est rien de si noir et de si affreux que Dieu ne puisse connaître.

— Oui.

— Ne puisse pardonner.

— Oui.

— Ne puisse aimer.

— Oui.

— Le cœur de l'homme renferme en puissance tous les crimes imaginables.

— Oui.

— Les péchés de la chair !

— Oui.

— Les fils avec les mères.

— Oui.

— Les sœurs avec les bêtes.

— Oui.

George avait l'impression qu'ils s'envolaient tous les deux vers les étoiles en papier collé. Un étrange courant passait entre eux, quelque chose de réel, de vital, qui transformait la maison de carton-pâte et de toile peinte en maison réelle, où des gens réels vivaient et mouraient. Le public devant les feux de la rampe s'estompait, se dissolvait. Les mots du pasteur se changeaient en sang. Oui, en sang. Si l'eau pouvait se changer en vin, les mots pouvaient bien se changer en sang. Tout était possible quand on avait la foi. La foi changeait tout en réalité. En vrai. En fait.

— Je suis avec vous, dit le pasteur. Dieu est avec vous !

— Oui.

— Il ne faut pas avoir peur.

Le type avait toujours la tête tournée de trois quarts et dans l'ombre, mais il se rapprochait sans cesse un peu plus. George crut qu'il allait l'embrasser. Un calme effrayant avait envahi toute chose. La maison sur la colline était devenue bizarrement silencieuse.

— Je n'ai pas peur, dit George.

Et, pour la première fois depuis la mort du môme, c'était vrai.

— Alors, vous pouvez me le dire maintenant, fit le pasteur à voix basse.

— Qu'est-ce que vous voulez savoir ? demanda George, comme dans un rêve d'amour.

— Qu'est-ce qu'un faucon ? murmura le pasteur entre ses dents, avec un agacement contenu.

— Un rapace, répondit George, en pensant que les bois étaient bien tranquilles et que sa mère lui avait envoyé un homme merveilleux.

— Non, je veux parler de ce faucon en particulier. Celui-là, qu'est-ce que c'est ?

— Un tueur. Un tueur naturel.

— Ahhhh… (brûlant soupir)… et qui avez-vous tué ?

— Elle tue seulement pour manger.

— Nous parlons de vous… de vous !

— Je ne comprends pas, dit George en essayant de redescendre sur terre.

— Pourquoi avez-vous mis ce faucon sur votre bras ? Vous pouvez me le dire. Vous pouvez tout me dire. (Il se pencha plus près, en se démanchant le cou pour rester de profil.) Laissez-moi toucher le faucon, laissez-moi le toucher.

Sa main se referma sur la laisse et la suivit jusqu'à ce que ses doigts touchent l'éventail de plumes rouges de l'oiseau posé sur le gant.

— Maintenant, dites-moi pourquoi, George. Dites à Dieu pourquoi.

— Elle ne m'aime pas, voilà pourquoi. Elle n'a pas besoin de moi.

Le pasteur se jeta sur lui à bras raccourcis et lui attrapa la tête à deux mains. George bascula en arrière, se ramassa sur le dos et glissa sur l'escarpement herbeux du ravin, pris en tenaille par le pasteur à califourchon qui braillait :

— Je le tiens ! Je le tiens !

En haut de la colline, la maison parut entrer en éruption : les voilà qui rappliquaient tous sur la berge. Les bois résonnèrent tout à coup de cris et d'appels. Mais, bien qu'à moitié sonné, George était surtout affolé par le tiraillement de la laisse attachée à son poignet. Entraîné par leur roulé-boulé, le faucon dégringolait la pente derrière eux en couinant et en caquetant comme une poule. Ils s'immobilisèrent enfin contre un pieu, mais le pasteur ne lâchait pas prise et continuait à beugler :

— Je le tiens ! Je le tiens !

George se débattait sous le poids du mec en gueulant que son faucon allait mourir, mais l'autre tenait bon et lui serrait la tête comme un étau. Il n'aurait peut-être jamais réussi à se dégager s'il n'avait – tout à fait par accident – expédié un vicieux coup de latte dans les balloches pastorales.

— Ouh, nom de Dieu de nom de Dieu ! hulula l'ecclésiastique, avant de se plier en deux pour gerber.

George saisit le faucon à deux mains et, en remontant l'escarpement cahin-caha, aperçut une troupe d'excités qui accouraient vers lui.

Billy Bob ouvrait la marche en hurlant :

— Il est là ! Il est là !

— Prenez-le à revers ! À revers ! Ne le laissez pas s'échapper ! cria Alonzo, qui crapahutait derrière.

Le toubib, qui criait aussi, leur filait le train en brandissant sa seringue, dont l'aiguille brillait à la lueur de la maison. Et dans leur sillage courait sa mère, suivie des couseuses de l'atelier, des coupeurs, des ajusteurs et d'un tas de pékins qu'il ne reconnaissait pas. C'était à croire que tous les gens qu'il ne connaissait pas s'étaient réunis pour lui tomber sur le paletot. Il fit demi-tour, redescendit et, à nouveau tout à fait par accident, balança sa semelle dans le front du pasteur qui venait juste de se redresser péniblement sur les genoux.

— Nom de Dieu de nom de Dieu, soupira le saint homme en tombant à la renverse.

13

George trébucha deux fois avant d'atteindre le ruisseau, puis il s'étala dans la flotte. Mais il se releva et, tenant le faucon à deux mains pour le protéger des branches basses qui lui égratignaient le visage et les bras, il parvint à atteindre le coteau où commençait la forêt. Derrière lui, sa mère lui criait de s'arrêter. La voix plaintive de sa sœur criait aussi, mais pour appeler Fred. Et Alonzo hurlait, à se faire péter les poumons, qu'il leur faudrait un chien et un filet pour attraper ce dangereux frappadingue.

George s'arrêta, à bout de souffle, et s'appuya contre un arbre. Il les regarda s'agiter autour de la berge en scrutant les bois au loin. Il pouvait les distinguer clairement à la lumière de la maison, mais savait que, eux, ne pouvaient pas le voir. Alonzo, le pasteur et Billy Bob s'engueulaient, braillaient tous en même temps.

— Vous le teniez. Vous le teniez et vous l'avez laissé s'enfuir.

— Mais il m'a donné un coup de pied dans

les… Dieu du ciel, il m'a… il m'a donné un coup de pied.

— … devait pas être facile à retenir.

— … perdu la tête. Un fou.

— Un dément !

— Complètement ravagé…

— Il croit que le faucon l'aime.

— Il se prend pour un faucon lui-même.

— Ouais, ben, faut y aller, déployez-vous et…

— … a prononcé le nom du Seigneur en vain.

— … trouvez-le.

Ils escaladaient lentement le sombre coteau boisé. George repartit à tâtons, d'un arbre à l'autre. Il les entendait approcher, dérapant et s'emmêlant les pinceaux dans les taillis, entendait leurs jurons et les imprécations du pasteur qui leur intimait de ne pas prononcer le nom du Seigneur en vain. Si George avait été mois furax, il aurait eu pitié d'eux. Ils se gouraient sur toute la ligne, ou presque. Il était peut-être fou, ça, c'était possible. Il n'avait aucune certitude à ce sujet. Mais, pour le reste, ils se plantaient complètement. Il ne se prenait pas pour un faucon. Et les faucons étaient incapables d'aimer. Ils ne voulaient pas être ton pote. Jamais. Seulement, il fallait être capable d'aimer pour en dresser un. Ça, oui. L'amour n'était peut-être qu'une infinie patience, et il voulait avoir cette patience-là. Mais ce n'était pas un dément. Il voulait simplement être seul. Il voulait s'asseoir avec son faucon et être seul.

Il trouva un énorme chêne et s'assit entre les racines. Ses yeux s'étaient suffisamment accoutumés à l'obscurité pour lui permettre de discerner l'ombre de l'oiselle. Il ouvrit les mains et la posa gentiment sur son gant droit. Elle ne s'envola pas. Au bout de quelques minutes, il sentit qu'elle essayait de resserrer ses griffes. Puis elle se redressa, hérissa les plumes et s'ébroua. Assis sans bouger, respirant à peine, il la contempla, juchée sur son gant. Elle commençait à se toiletter, se courbait vers sa glande oléifère sous sa queue et lissait soigneusement les plumes couleur crème de sa gorge. Une fois, elle tourna la tête et le regarda directement, mais, dans l'obscurité, elle ne pouvait apercevoir qu'une ombre parmi les ombres de la forêt, tranquille et parfaitement immobile. Elle l'acceptait. Pour le moment. Pour le moment, ils étaient ensemble.

Il entendait Billy Bob, le pasteur et Alonzo ratisser les sous-bois en rageant. Mais ils étaient encore loin et se trompaient de direction. Ils étaient paumés, ils ne le trouveraient pas. Personne ne le trouverait. Il s'adossa contre l'arbre et observa le faucon. Leurs yeux se croisaient, mais il faisait si noir que ça n'avait pas d'importance. Il avait les épaules et l'échine en compote, une sournoise envie de dégueuler et les yeux en feu. Il voulait dormir. Mais s'il dormait, l'oiselle dormirait aussi et, si elle dormait sans être complètement affaitée, elle se réveillerait sauvage. Il aurait fait tout ça pour rien. Il sortit la plume froissée de la poche où il l'avait fourrée et toucha délicatement sa gorge. Ses serres se raidirent sur son poing. Il la caressa une fois, deux fois, puis recommença, doucement, en rythme. Il se sentait tout joice de pouvoir enfin la regarder en face, même si, pour l'instant, elle n'était encore qu'une ombre sans détail.

Ses contours formaient une voûte. Les ailes convergeaient vers les épaules, qui convergeaient vers le cou, qui convergeait enfin vers la tête, fine et lisse comme une prune. Malgré lui, il se laissa aller contre le tronc du chêne. Il essaya de secouer la tête. Mais, au mieux, il ne parvint qu'à *penser* qu'il secouait la tête. Il se concentra sur le faucon qui ne bougeait pas, puis sa concentration se transforma en une voûte sombre et figée, qui l'attira comme un aimant. Pendant une seconde encore, une longue seconde étirée à n'en plus finir, il eut conscience d'être assis au pied d'un arbre à regarder un faucon en forme de voûte, puis il se vit debout *dans* la voûte, il se vit y entrer en marchant et disparaître à l'intérieur. Et, comme il était deux à présent, deux personnes s'épiant mutuellement, il put se suivre lui-même, suivre ses propres pas.

La porte voûtée menait à un long couloir voûté. Il reconnut les lieux : c'était le couloir de sa maison. Il avançait en rasant le mur, saisi d'une peur froide. Il se voyait lui-même, debout, en pyjama. C'était très tard dans la nuit. Il se dirigeait vers la chambre du môme au fond du couloir. Il s'arrêta devant la porte et tendit l'oreille. Puis il ouvrit. George approcha de son double et regarda dans la chambre par-dessus sa propre épaule. Fred était couché sur le lit à eau, dans son pyjama noir et or. Ses jolies lèvres étaient entrouvertes et il respirait paisiblement, profondément endormi. Il était probablement cuité, assommé par un litron de whisky. George se regarda entrer dans la chambre et se poster devant le lit à eau.

Il déglutit, il savait ce qu'il s'apprêtait à faire, mais il n'y avait pas moyen de l'arrêter. Il n'avait pas de voix, il ne pouvait ni crier ni faire quoi que ce soit, il ne pouvait que regarder, se voir s'agenouiller et percer une large entaille dans le matelas. L'eau s'écoula, mouilla d'abord les draps, puis le môme. Fred commença à s'agiter dans son sommeil, mais sans se réveiller, même quand la flotte clapota autour de ses épaules et de ses hanches. À mesure que l'eau montait, le matelas s'affaissait. Les longs cheveux jaunes de Fred flottaient sur le pourtour de sa tête. Mais, au dernier moment, juste avant d'avoir le visage englouti, le môme ouvrit les yeux et l'observa.

— Tu n'as jamais..., dit-il. Tu n'as jamais...

— Non, s'entendit-il répondre, jamais.

Puis il le prit par les épaules et le retourna doucement pour lui mettre la tête dans l'eau. Fred se laissa faire d'abord mais, dès qu'il eut le nez sous la flotte, il se débattit avec force. Il parvint à sortir la tête, éructa, cracha. George l'enfonça de nouveau, s'accroupit sur ses épaules et fit pression des deux mains sur sa nuque pour le maintenir immergé. L'eau était froide comme de la glace. Le môme se démena et battit des bras, longtemps, longtemps avant de se figer. Debout sur le seuil, d'où il se regardait lui-même en train de noyer le môme, George se mordait la lèvre pour ne pas crier, et un flot de sang chaud lui coulait dans la bouche.

La douleur lui ouvrit les yeux. Sa lèvre inférieure, pincée entre ses dents, était toute boursouflée et sanglante. La voûte sombre, qui n'était que le faucon, se dressait toujours immobile devant lui. Il était toujours adossé, immobile, contre l'arbre. Il était trempé. La sueur dégoulinait sur sa face et se mêlait au sang qui ruisselait sur le côté droit de son menton. Son bras était toujours accoudé sur la même racine. La longue plume avec laquelle il avait caressé le faucon était toujours dans son autre main. Le rêve n'avait peut-être pas duré plus d'une seconde. Mais était-ce vraiment un rêve ? Ça pouvait très bien être un souvenir. Qu'avait dit le pasteur ? *Nous parlons de vous*. Le soupçonnaient-ils d'un acte aussi impensable ? Ou pis, bien pis, se soupçonnait-il lui-même ? La question ne se posait même pas. Bien sûr qu'il se soupçonnait. Il se soupçonnait de tout. Depuis toujours.

Il tourna la tête pour écouter. La forêt était tranquille. Pas de voix, pas de craquements de branches, pas de trébuchements. À travers les arbres, il apercevait le halo jaune de sa maison.

Il était très seul. Dans sa fatigue, il regrettait de n'avoir personne à qui parler. S'il restait là, alangui contre ce tronc, il allait s'endormir. Il fallait qu'il se remue. Il se leva avec précaution, en tendant le bras. Il était sûr que l'oiselle allait s'envoler. Mais elle n'en fit rien. Elle se servait de sa queue comme balancier pour garder l'équilibre. Sentant ses griffes se serrer et se desserrer à travers le gant, il se concentra sur cette perception qu'il accueillit avec plaisir, comme un dérivatif bienvenu pour ne pas repenser au rêve, à la vision de son double noyant le môme.

Sans savoir exactement ce qu'il comptait faire, il marcha calmement entre les arbres vers la maison. Au bord du ruisseau, il s'arrêta pour écouter à nouveau. Une portière de voiture claqua. Quelqu'un cria quelque chose, un autre lui répondit. Maintenant qu'il était plus près de la maison, l'oiselle le voyait mieux et il sentait son regard peser sur lui. Quand il voulut traverser le ruisseau, elle s'envola. Il la reposa sur le gant. Elle s'y accrocha immédiatement. Elle était aussi fatiguée que lui. La colère lui hérissa les plumes, mais elle ne s'envola plus. Il gravit la pente à croupetons jusqu'à un buisson qui poussait à proximité de la large porte en verre. C'était un excellent poste d'observation : il pouvait voir l'ensemble du living-room à travers la vitre.

Billy Bob et le pasteur se regardaient en chiens de faïence. Il semblait y avoir un litige entre eux. Sa mère était assise dans un fauteuil juste à côté.

Elle boulottait un morceau de gâteau au chocolat et une énorme tranche de jambon fumé. Il y avait de la bouffe partout. Des gâteaux, des tartes, du jambon, du bœuf en gelée et des fruits, par paniers entiers, des pommes rouges, des poires jaunes, des pêches, des raisins… C'était le fruit préféré du môme, le raisin. Il pouvait rester des heures devant un compotier de raisins sans pépins et s'empiffrer méthodiquement, au rythme d'une grappe tous les quarts d'heure en moyenne, qu'il mastiquait inlassablement avec une jouissance orgiaque. Aussitôt, la vision de la noyade lui revint. Ses mains dans la flotte glaciale. Le môme qui se débattait pour résister à la mort. George gonfla les poumons pour respirer, mais l'air n'entra pas.

La porte coulissante, à trois mètres de lui, s'ouvrit. La peur soudaine d'être découvert, tapi dans les buissons de sa propre maison, chassa l'image de son neveu mourant. C'était un petit garçon et une petite fille qui avaient ouvert. La petite fille portait adroitement un bébé sur la hanche. Ils avaient tous trois, même le bébé, le front haut et bulbeux, les cheveux fins et blonds, les yeux légèrèment exorbités. Les jambes de la fillette étaient couvertes de méchantes ecchymoses rouges, et le gamin avait un doigt en moins à la main droite. Ce fut ce doigt manquant qui indiqua à George qui ils étaient. Sa mère lui avait raconté le drame, dans l'une de ses lettres écrite d'un jet continu, sans majuscules, sans points, sans virgules, comme son parler, sur du papier à lignes bleues et avec un grand luxe de détails, depuis leur réveil dans le froid du matin (on tuait le cochon, ce jour-là) jusqu'à l'inévitable catastrophe sur le tas de bûches : le doigt posé parmi les éclats de pin et le gosse qui ne criait même pas, debout avec le bout de bois encore dans sa menotte à trois doigts sur le billot et le sang qui pissait, rouge et épais. Les enfants appartenaient à la branche paternelle de la famille. Le petit garçon portait même le nom de son père : George.

D'une voix insouciante, ils parlaient de Fred.

— Il avait des crises ?

— Je l'ai jamais vu en avoir, mais il était pas normal.

— C'est une bénédiction qu'il soit mort.

— Il aurait jamais pu se débrouiller tout seul.

— C'était un fardeau.

— Dieu nous envoie des fardeaux pour nous éprouver.

— Il a porté sa croix aussi.

— Il a rappelé Fred au Ciel.

— On le verra ?

— Ma a dit qu'ils l'emmenaient au caveau de famille à dix heures.

— C'était devenu un bel homme, qu'ils disent.

— Dommage qu'il ait pas eu sa tête à lui.

— Les voies du Seigneur sont impénétrables.

— Vaut mieux pas laisser ce bébé dans le courant d'air. Il a de la fièvre.

— Tu trouves qu'il a l'air malade ?

— Je trouve.

Les enfants rentrèrent dans la maison et George s'assit, vanné, dans les buissons. Il avait l'impression d'être encore dans la pièce où sa mère faisait du patchwork avec ses amies, dans le cliquetis des dés à coudre. Les voix des enfants étaient exactement sur la même longueur d'ondes, implacables, résignées, croyantes, omniscientes. S'il avait été capable de s'exprimer d'une voix semblable, il n'aurait probablement jamais quitté Bainbridge. On ne demande rien quand on naît ; on ne demande rien quand on meurt. On souffre en silence en attendant que ça se passe. Parce que les voies du Seigneur sont impénétrables. Comme tout devait être merveilleux quand on avait la foi, pensa-t-il. Comme tout était terrifiant quand on ne l'avait pas.

Pendant que les enfants parlaient, le faucon s'était dressé sur son bras, la gorge bombée, l'œil en alerte pour suivre leurs mouvements à travers les feuillages. George s'extirpa lentement des buissons, en prenant soin de rester dans l'ombre. Au moment où il se redressait, le faucon s'envola et retomba, tête la première, au bout de la laisse. De peur que quelqu'un d'autre n'ouvre la porte et ne le surprenne, il traversa la terrasse sans relever le faucon, qu'il laissa pendre à la traîne. Un gémissement l'arrêta. Il se raidit et se plaqua contre le mur pour écouter, bien qu'il sût déjà ce que c'était.

— Frrèèèd.

— Prrééécious.

— Frrèèèd.

— Prrééécious.

Il se trouvait devant la chambre de Precious. Il n'y avait pas pris garde, c'étaient ces voix superposées, douces mais frénétiques, qui venaient de le lui rappeler. Alonzo était là avec elle. George essaya de ne pas écouter. Mais c'était plus fort que lui. Il essaya de décarrer. Il resta. Un parterre de gardénias cachait partiellement une fenêtre basse, à moins d'un mètre. Il se répéta qu'il ne devait pas rester là, que c'était humiliant de mater dans la piaule de sa propre sœur. Mais il savait déjà qu'il le ferait, qu'il n'y résisterait pas. À cause de ces voix… ces voix qui gémissaient en contrepoint maintenant, comme des aboiements charriant toute la misère du monde. Il percha le faucon sur son poing, s'approcha de la fenêtre et se dissimula derrière les gardénias.

Une lampe allumée. Lumière tamisée. Ils étaient nus tous les deux. Il y avait encore les couvertures sur le lit. Ils étaient face à face, occupant chacun un côté du matelas, et se regardaient comme à travers un gouffre. Alonzo était ramassé sur ses genoux et se balançait de droite et de gauche. Sans ses fringues, il paraissait deux fois plus énorme. Il était couvert de poils, de la tête aux pieds, il en avait les épaules toutes tapissées, par grosses touffes. Dans la semi-obscurité, on eût dit une bête sauvage et féroce sortie de l'imagination d'un dément. Precious était allongée près de la lampe, toute blanche et lisse, avec de petites fossettes sur les hanches et les cuisses. Elle avait l'air d'une enfant menue à côté de la formidable masse velue d'Alonzo.

— Frrèèèd.

— Prrééécious.

— Frrèèèd.

Et la dinguerie continuait, Alonzo qui appelait Precious et Precious qui appelait le mort. Puis, avec une résignation horrifiée, George vit un long bras poilu glisser en travers du lit et toucher la peau blanche de sa frangine avec une infinie tendresse. L'énorme corps renifleur suivit le mouvement et rampa sur le matelas. Sa sœur bêla une dernière fois en étirant l'unique syllabe du nom de son fils et se tut. Elle tendit une main fine, joliment dessinée dans le faisceau de la lampe, et fourragea avec langueur dans la toison de l'épaule broussailleuse. Ils avançaient l'un vers l'autre maintenant.

Le faucon regardait et écoutait aussi. George sentait la pression de ses serres. Incapable de détourner les yeux, il vit sa sœur se glisser sous la bête et s'ouvrir pour recevoir ses sauvages assauts. Deux petites mains blanches apparurent sur le dos noir de poils, s'agrippèrent, attirèrent la brute. Ils ne disaient plus rien, ce n'étaient que des bruits gutturaux et des halètements qui sortaient maintenant de leurs bouches. George eut envie de s'arracher les cheveux et de casser la vitre à coups de poing. Les cons ! Le môme était à peine refroidi que déjà, dans leur aveuglement bestial, ils en faisaient un autre. Ô Jésus, ô doux Jésus ! songea-t-il. Par la fenêtre, il vit l'énorme corps velu d'Alonzo se raidir et entendit sa sœur, exultante et jubilante, pousser un râle de plaisir.

Il s'éloigna de la fenêtre et retourna dans les bois. Il s'arrêta entre les premiers troncs d'arbre. Il avait toute la nuit devant lui. Non loin de là, un rayon de lune projetait une flaque de lumière sur le sol. Il s'était suffisamment avancé dans la forêt pour ne pas avoir à craindre d'être vu. Il entra dans la lumière et leva son gant. L'oiselle ne hérissa pas les plumes, elle s'agriffa à son poing avec… avec bonne volonté, lui sembla-t-il. Il regarda les arbres autour de lui, puis le vide noir du ciel au-dessus de lui. Il aurait voulu pouvoir contempler le faucon au clair de lune, droit dans les yeux. La nuit lui aurait paru moins longue. Mais c'était impossible, alors il contempla le néant.

Or plus le temps durait, plus il prenait conscience d'un sentiment étrange et ridicule : le désir de se prosterner, de s'abaisser devant quelque chose de surhumain. Alors, très lentement, en veillant à ne pas déséquilibrer le faucon, il s'agenouilla au milieu des bois, devant un mur d'arbres indifférents, sous le regard impassible du ciel. Il repensa au pasteur et eut l'idée de prier.

— Notre Père qui êtes aux…

Mais il se dégonfla. C'était plus que ridicule, c'était insupportable, aussi toc que les obscénités que Betty lui avait chuchotées avant de feindre l'orgasme. Il se releva et le faucon s'envola. Il commençait à ressentir des courbatures partout et il avait beaucoup de mal à ne pas penser au môme. Il regarda le faucon se balancer sur son poignet.

— Tu es belle, lui dit-il dans un doux murmure, et tu fais très bien ce que tu as à faire : voler et tuer. On peut pas te demander mieux. Mais tu sais, faucon, t'es pas vraiment un boute-en-train. Faucon, on s'emmerde avec toi.

14

— Il est trois heures du mat', dit-elle, irritée, au bout du fil.

— J'ai besoin d'aide, dit-il.

— Rappelle-moi dans une semaine.

— J'ai besoin d'aide.

— Tu m'étonnes.

Il était dans une cabine téléphonique de University Avenue, à une borne et demie de chez lui. Il avait d'abord songé à sortir sa voiture en douce du garage, mais tous les pleureurs qui s'entassaient dans son living-room étaient venus en bagnole et l'allée était complètement embouteillée. Alors il avait marché.

— J'ai fait un rêve, dit-il.

— Un rêve ? dit-elle, un peu plus intéressée.

— J'ai eu une vision. Un rêve ou une vision, je sais pas.

— Une vision ?

Il n'avait pas pu garder le faucon sur le bras. L'oiselle était redevenue récalcitrante. Pendant plus d'une heure, elle était restée sur son poing, à se lisser les plumes, sans tenter de fuir. Mais voilà qu'elle refusait à nouveau de prendre le gant. Tout à l'heure, une voiture de patrouille l'avait croisé dans la 17e Rue et le flicard, blême et las, l'avait reluqué des pieds à la tête. George avait essayé de fourrer l'oiselle dans sa chemise pour que le mec ne se mette pas à lui poser des questions impossibles. Elle lui avait salement écorché le nombril avec son bec crochu mais, au moins, le flic ne s'était pas arrêté.

— J'ai cru que je l'avais tué, reprit-il. Dans le rêve, je lui tenais la tête sous l'eau. Je le noyais.

— T'es où ?

Il le lui dit.

— Bouge pas. Je suis là dans dix minutes.

Il était encore dans la cabine quand elle arriva, parce que c'était plus commode pour dissimuler le faucon aux curieux. À trois plombes du matin, il ne pouvait y avoir que des pervers et des cognes dans les rues. Et un faucon sur le bras, ça attirait le mauvais œil. Donc, il était toujours dans la cabine quand Betty se pointa dans sa Volkswagen rouge. Il sortit de sa planque et monta à côté d'elle. L'oiseau s'affola, buta contre le tableau de bord et retomba en battant des ailes aux pieds de George. Ils l'observèrent un moment.

— Alors, comme ça, t'as toujours ton oiseau attaché à la main, dit Betty.

— Oui. Je la dresse.

Elle lui lança un regard oblique.

— T'es vraiment un drôle de type, tu sais.

— Non, je suis le type le plus ordinaire que tu puisses rencontrer.

— C'est ce que je croyais. Maintenant je me demande. Maintenant je pense que tu es un cas intéressant. (Elle s'éloigna de la bordure du trottoir.) Un cas très intéressant. (Ils roulèrent lentement par les rues tranquilles.) Comment ça se fait que tu m'as appelée d'une cabine ?

— Je pouvais pas me servir du téléphone chez moi.

— Pourquoi ?

— Ils essaient de m'attraper.

— Qui essaie de t'attraper ?

Il lui parla du toubib avec sa seringue, du pasteur qui l'avait plaqué au sol et, pour finir, de la course-poursuite dans les bois.

— Oh, c't' embrouille, fit-elle avec exaspération.

Puis elle lui toucha le genou, son visage s'adoucit et elle lui tapota la cuisse.

— Pauvre chou, va.

Elle avait pris au nord par la 13e Rue. À la hauteur de la Seizième Avenue, elle se gara dans le parking du *Jerry's*, un drive-in ouvert la nuit.

— Je vais aller nous chercher du café, dit-elle.

— Bonne idée. Noir. Sans sucre.

— Je t'apporte un hamburger aussi.

— Non.

— Depuis quand t'as pas mangé ?

— Je peux pas manger tant que c'est pas fini.

Elle était déjà dehors. Elle se pencha à la fenêtre, le regard fixe.

— Tant que quoi n'est pas fini ? demanda-t-elle.

— L'affaitage du faucon. Le faucon ne peut pas manger. Je peux pas manger. Ni dormir. Je peux boire, c'est permis. Le faucon n'a pas besoin de boire. Il peut s'en passer.

Elle se redressa sans un mot et se dirigea vers le restaurant. Elle en revint avec deux grands gobelets de café. Elle retira le couvercle de celui de George et le posa sur le rabat ouvert de la boîte à gants. Après avoir bu une gorgée, elle dit :

— Tu l'as fait quand, ce rêve ?

— J'suis pas sûr que c'était un rêve.

— Bon, admettons, mais c'était quand ?

— Cette nuit. Quand ils se sont mis à me pourchasser dans les bois.

— Classique, dit-elle. C'est classique.

— Quoi ?

— Rien. Raconte-moi.

Il lui raconta. Elle voulait des détails. Tous les détails. Comment étaient ses cheveux ? L'eau était-elle très froide ? Et ainsi de suite. Elle l'écoutait, la tête renversée en arrière sur le siège, les yeux fermés, et il parlait en regardant le faucon enfin apaisé et en sirotant son caoua fumant.

— Tu n'as jamais quoi ? voulut-elle savoir quand il lui rapporta ce que le môme lui avait dit dans le rêve.

— Il a pas précisé.

— Il a juste dit : « Tu n'as jamais » ?

— Oui.

— Et qu'est-ce que t'as répondu ?

— Je te l'ai déjà dit.

— Redis-le.

— J'ai répondu : « Non, jamais. »

— Tu lui as répondu comme si tu savais ce que la question signifiait.

— Oui, il me semblait que je le savais.

— Mais tu le savais p… tu le sais pas.

— Non.

— Classique. Tout à fait classique.

— Qu'est-ce que ça signifie ? dit-il. Qu'est-ce que ça signifie ?

— J'en sais rien.

— Alors arrête de dire que c'est classique, merde.

— D'accord.

Il but à petites gorgées puis, sans la regarder, lui dit :

— Faut que tu m'aides à faire quelque chose.

— Tout ce que tu veux, si je peux.

— J'ai besoin de voir le môme.

— Eh bien, dit-elle en consultant sa montre, dans quelques heures…

— Maintenant.

— Hein ?

— J'ai besoin de le voir immédiatement. J'ai pas envie qu'ils me regardent comme un demeuré ou qu'ils essaient encore de me sauter dessus. Et c'est ce qui arrivera si j'attends le matin. Maintenant, y aura personne là-bas.

— Là-bas ? Où ?

— Au funérarium Mason-Williams. Et ne me dis pas quelle heure il est, je sais quelle heure il est.

— Alors j'ai pas besoin de te rappeler que ce sera fermé.

— La plupart des décès surviennent après minuit, dit-il. Entre minuit et six heures. Je l'ai lu et c'est vrai. Dans un funérarium, il y a toujours un employé de service pour réceptionner le mort et commencer à travailler dessus. À le bichonner pour qu'on puisse l'admirer, le pleurer et l'enterrer.

— Seigneur, dit-elle. C'est morbide.

— C'est un fait. Un fait solide et intelligible.

Elle s'engagea dans la 13e Rue, déserte à l'exception d'un camion qui fonçait vers l'Interstate.

— Va jusqu'à University Avenue et tourne à g…

— Je sais où c'est, fit-elle sèchement.

Puis :

— T'es sérieux ?

— Oui.

— Tu pourras pas entrer pour le voir à cette heure de la nuit.

— Si.

Ils ne dirent plus rien jusqu'au parking du funérarium Mason-Williams. C'était un immeuble à un étage, massif, revêtu d'une sorte de marbre moucheté, avec de grosses colonnes décoratives de part et d'autre d'une haute porte grillagée qui semblait être la seule entrée. De l'endroit où ils se trouvaient, ils n'apercevaient aucune lumière. Une charrette de flic passa. George attendit qu'elle ait disparu, en songeant que, la nuit, tous les perdreaux se ressemblaient. Tous le même masque.

— Et maintenant ? dit Betty, un peu irritée.

— T'es pas obligée de m'accompagner, tu sais. Je pouvais pas appeler un taxi, parce que le chauffeur aurait refusé de me charger avec le faucon.

— Et tu crois que le mec des pompes funèbres va t'accepter ?

— Un funérarium, c'est pas un taxi. Un mec qui voit défiler des macchabées toutes les nuits peut pas être gêné par un faucon.

— Si tu veux bien attendre une min…

Il ouvrit la portière.

— T'es pas obligée de venir.

— Je veux pas rater ça, dit-elle en le suivant dans le parking.

George attendit d'être devant la porte grillagée pour mettre l'oiselle sur son bras. Il ne pensait pas vraiment qu'elle prendrait le gant, et pourtant si. Elle gonfla sa gorge et regarda à travers la porte. De l'autre côté, au fond d'un jardin clos, s'ouvrait une seconde porte, en verre celle-là. Un large escalier de marbre montait vers l'étage en décrivant une ample spirale. Une discrète lampe jaune brûlait près de la porte du jardin.

— Eh bien ? dit Betty.

— Sonne, répondit-il en désignant un bouton noir sur le mur de marbre.

Betty sonna. Au bout d'un instant, un éclairage indirect illumina l'escalier et un homme svelte apparut, en costard brun impeccablement repassé, avec des plis tranchants comme des lames de couteau. Il traversa le jardinet jusqu'à la porte grillagée.

— On est venus voir Fred Lepsog, dit George. Je suis George Gattling.

L'homme, qui avait la technique, réussissait à afficher une mine à la fois grave et joviale.

— Je suis Peter Sweet, dit-il. Vous êtes…

— George Gattling.

— Votre parenté avec le défunt ?

— Oncle. Mais c'est moi qui l'ai élevé. Comme un père. (Il regarda Betty.) Cette demoiselle était très proche de Fred aussi.

Peter Sweet jeta un œil à sa montre.

— Oui, oui, bien sûr. Tout à fait. Demain à dix heures, nous…

— Je veux le voir maintenant.

— Je comprends *parfaitement*, dit Peter Sweet. (Il eut un geste furtif vers le faucon.) Vous devrez laisser ça dehors.

— Impossible. Le faucon doit rester avec moi.

— Les animaux de compagnie ne sont pas admis à l'intérieur.

— C'est pas un animal de compagnie.

— Ah non ? fit Peter Sweet, un peu déboussolé. Oui, oui. Bien sûr. Tout à fait. Seulement, voyez-vous, c'est une loi d'État.

— Qu'est-ce qui est une loi d'État ?

— Pas d'*animaux… Oiseaux, poissons rouges* ou tout ce que vous voudrez… dans un funérarium. Les animaux de compagnie ne sont pas admis dans les morgues et les hôpitaux, c'est une loi d'État.

— Qu'est-ce que c'est que ces conneries ?

— Je vous demande pardon ?

— J'ai dit : qu'est-ce que c'est que ces conneries ?

— Ah, oui. Oui, bien sûr. Tout à fait. C'est pour éviter la propagation des maladies, je présume. Enfin, je… hum… je pense que c'est l'idée générale.

— Qu'est-ce qu'ils vont pas inventer ! fit George.

— Je peux vous parler un instant ? demanda Betty.

— Mais… bien sûr, certainement, dit Peter Sweet.

— Seule à seul, dit-elle.

Peter Sweet lorgna vers George, puis entrebâilla la porte grillagée, juste assez pour laisser passer Betty, comme s'il craignait que George ne s'engouffre à l'intérieur avec le volàtile, et dit :

— Par ici.

Elle fit quelques pas avec lui dans le jardin. George les entendit murmurer. Peter Sweet se retourna pour le regarder, haussa les sourcils, et ils revinrent ensemble à la grille.

— Par ici, je vous prie, dit Peter Sweet.

George le suivit, avec Betty. Fred était dans une petite pièce au bout d'un long couloir en marbre. Peter Sweet s'effaça devant la porte, les yeux fixés au sol. Dès que George et Betty furent entrés, il se retira à reculons dans le hall. Fred était allongé dans un énorme cercueil blanc à poignées de cuivre. Les murs de la petite pièce étaient couverts de fleurs.

— Qu'est-ce que tu lui as dit pour qu'il me laisse entrer ? demanda George.

— Je lui ai dit que t'étais fou.

— T'aurais pas dû faire ça.

— C'était le seul moyen.

— Il m'aurait laissé entrer pour voir mon neveu, quand même !

— Les gens ne se pointent pas à quatre heures du mat' avec un faucon sur le bras. Les gens ne font pas ça, sauf s'ils sont barjos. Ça, il peut le comprendre. À partir du moment où je lui ai expliqué que t'étais fou, ça lui a paru normal.

— Tu penses que je suis fou ?

Ils s'entretenaient en regardant Fred. Elle se tourna vers George.

— Je ne sais pas, dit-elle.

Il se rapprocha du cercueil. Le faucon avait vu le cadavre, maintenant, et se pelotonnait en hérissant ses plumes, l'œil rivé sur le visage apprêté et serein de Fred.

— N'empêche que t'aurais pas dû dire que je suis fou. Je suis pas fou. C'est pas vrai.

Elle s'était portée à côté de lui, devant le cercueil.

— Pauvre petit amour, pauvre dingo.

Elle avait dit cela d'une voix douce, sans méchanceté, mais, quand il la regarda, il lui trouva un air froid et soudain cruel.

— Je préférerais que tu parles pas comme ça ici.

— Il entend pas.

— Moi oui.

— Oh non, t'entends pas.

Il n'écoutait pas. Les traits du môme avaient été si soigneusement retapés qu'il semblait seulement endormi. Une mèche de cheveux châtains barrait délicatement son front.

— Tu n'entends pas et tu ne vois pas, dit-elle.

— Mon Dieu, qu'il est beau.

— Quelle bande d'enfoirés vous faites, tous autant que vous êtes. Vous lui tournez autour, et tout ce que vous trouvez à dire, c'est : « Dieu, qu'il est beau. »

— Pourquoi t'irais pas m'attendre dehors ?

— Regarde comme il sourit. Il souriait comme ça quand tu l'as trouvé ?

Il ne savait pas. Il n'avait pas retourné Fred. Il lui avait laissé la figure dans l'eau, même quand Precious avait piqué sa crise. Il aurait voulu que Betty s'en aille. Il percevait chez elle une tension qui le mettait mal à l'aise. Elle lui demanda encore si le môme avait souri.

— J'sais plus.

— Tu sais comment ils font sourire les cadavres ?

— Tais-toi.

— Pourquoi tu crois qu'il sourit, dis ? Tu crois qu'il est content d'être mort ?

— Pourquoi tu fais ça ?

— Ils lui ont cassé la mâchoire, cracha-t-elle.

Tu savais que les croque-morts leur cassaient la mâchoire pour les faire sourire ?

— Je t'en prie, je...

— Ils l'ont drainé, ils lui ont vidé les boyaux, ils lui ont cassé la mâchoire pour qu'il fasse risette et ils lui ont cousu la bouche de l'intérieur.

George voulut se boucher les oreilles avec les mains, dans un réflexe de peur. Au moment où son bras droit se leva, le faucon s'envola et se posa sur le cadavre en plantant ses serres dans son visage.

— Fils, cria George.

— Enlève-le... enlève-le..., hurla Betty.

Mais elle n'eut pas le temps de formuler ce qu'elle voulait dire.

George se jeta en avant pour saisir le faucon. Dans le mouvement, il heurta le catafalque de la hanche. Le cercueil bascula et le corps se renversa sur le sol. Le faucon, battant des ailes, resta accroché au visage de Fred, et George eut une vision affreusement nette et précise des serres en action : les griffes s'enfoncèrent jusqu'à la garde dans la chair cadavérique jaune et exsangue. Il n'avait pas d'alternative, il dut se laisser tomber avec le corps. S'il n'avait pas accompagné la chute, l'oiselle aurait labouré la face du mort. Elle continuait à battre des ailes comme pour soulever sa proie, agitant les airs comme un ventilateur sous le nez de George.

— Ô mon Dieu, je t'aime, je t'aime, je t'aime tant, gémit-il.

Mais il croyait entendre la plainte d'un inconnu. Ce n'était pas sa voix. Il n'y percevait aucun chagrin. C'était une bonne imitation, mais sans chagrin.

Un bruit derrière lui. Une sorte de toux contenue. Il se retourna. Peter Sweet, grave et imperturbablement jovial, venait d'apparaître sur le pas de la porte. Il ne semblait pas choqué. À voir sa tête, on avait l'impression que ce genre de choses se produisait tous les matins à quatre heures et demie. Il soupira et dit sans s'affoler :

— Essayons de le remettre dans sa caisse.

Betty vint s'agenouiller à côté de George.

— Je suis désolée, dit-elle. Je ne voulais pas…

Le croque-mort s'approcha.

— Vous pourriez éloigner ce faucon ? demanda-t-il.

— C'est… c'est affreux, geignit George.

— Voulez-vous bien éloigner ce faucon, s'il vous plaît ?

— Je ne peux pas.

— Nous devons le remettre dans la caisse, insista Peter Sweet.

— Elle ne cédera pas, dit George.

— Nous n'avons pas besoin de mademoiselle. À nous deux, nous pouvons…

— Je parle du faucon. Le faucon ne cédera pas.

— Alors, nous allons devoir lui couper les pattes, dit Peter Sweet.

— Non, on peut pas faire ça, dit George.

— Ma foi, il faut bien faire *quelque chose*, dit Peter Sweet.

— Pas question de mutiler le faucon, protesta George. Et je ne suis pas fou, ajouta-t-il en voyant la mine atterrée du croque-mort. Ne croyez pas ça. Mais il n'est pas question de mutiler ce faucon. En aucune manière.

— Ouais, ben il est pas question non plus de mutiler Fred, dit Betty. En aucune manière.

Peter Sweet posa une main compatissante sur George.

— Mademoiselle a raison, vous savez. Si on ne peut pas couper dans le faucon, il faut bien qu'on coupe dans quelque chose.

— Couper quoi ? dit George.

— Lui, répondit Peter Sweet.

— Oh malheur, oh malheur, fit George, anéanti.

— Il faut bien. Nous l'avons promis à la famille pour dix heures.

— Mais *je suis* la famille, bordel !

— Pas au complet, malheureusement. Et nous l'avons bel et bien promis pour dix heures.

— Mais les gens ne… je veux dire… en principe, une chose pareille ne p…

— En principe, les gens ne viennent pas se recueillir sur le défunt à quatre heures du matin avec un faucon sur le bras. Vous oui. J'ai travaillé presque toute la nuit sur ce garçon et vous me l'avez renversé par terre.

— De toute façon, il est déjà amoché, dit Betty.

— Quoi ? fit George.

Il n'en revenait pas. Comment pouvaient-ils parler ainsi ?

— Sa figure, dit Betty. Elle est déjà complètement amochée. Le… enfin, regarde toi-même.

Elle montrait du doigt les entailles creusées par les serres.

George essaya d'abord de ne pas regarder puis, malgré lui, vit qu'un œil de Fred s'était ouvert dans la chute et l'observait solennellement.

— C'est grave, dit-il. Faut agir. Faut agir. Attendez, où vous allez ?

— Je reviens tout de suite, je vais chercher certaines choses en bas dans l'atelier, dit Peter Sweet en se dirigeant vers la porte.

Ils restèrent seuls dans la pièce. George était dans une position instable, moitié agenouillé, moitié accroupi, retenu fermement au sol par la laisse. Betty était à genoux à côté de lui.

— Excuse-moi, dit-elle.

— C'est pas ta faute, dit-il, sans en penser un mot.

— Je ne voulais pas te faire de peine.

— Oublie ça.

— C'est parce que ça me fout les boules, c'est tout. Si seulement il y avait… j'sais pas. Regarde-le. On dirait *vraiment* qu'il dort. Mais non. Il est plus mort qu'une tranche de bœuf. Et regarde un peu ce qu'ils lui ont fait.

Ils contemplèrent Fred. George s'efforçait de ne pas voir l'œil ouvert.

— Ils leur cassent vraiment la mâchoire ? demanda-t-il finalement.

— J'ai lu ça quelque part. Oui, je crois bien. De toute façon, peu importe comment ils s'y prennent, mais pourquoi est-ce qu'ils les font sourire ? Moi, j'ai pas envie qu'on me fasse une bouille rigolarde. J'ai déjà laissé des instructions, j'ai pas envie d'avoir l'air contente. (Elle pouffa du nez.) Parce que je serai pas contente. J'ai laissé des instructions pour qu'on me fasse une tronche à chier quand je serai morte. Quand je serai couchée dans mon cercueil, je veux avoir une vraie gueule d'enterrement.

George était sidéré.

— Je me demande comment j'ai pu en arriver à fréquenter une fille comme toi.

— En me sautant sur la table à découper.

— Oh, j'ai pas oublié. Ça en valait pas la peine.

— Rien n'en vaut la peine.

— Si. Je crois que si.

— Non, tu le crois pas. Tu l'as jamais cru, mais t'es trop trouillard pour l'avouer.

— J'ai autant de courage qu'un autre.

— Oui, c'est ça. T'es dans la norme.

— Qu'est-ce que tu veux dire par là ?

— Juste ce que j'ai dit.

— Je sais ce que tu as dit, mais qu'est-ce que ça signifie ?

— Si tu veux être quelqu'un, si tu veux apprendre quelque chose, faire quelque chose, il faut être hors norme. Tout ce qui normal, c'est du pipeau. La normalité, c'est de la merde.

— Essaie d'avoir un peu de respect pour les morts.

Ils regardèrent Fred et le faucon qui se cramponnait en respirant paisiblement. George changea de position, ses articulations lui faisaient mal. Il réussit à s'asseoir. Betty était toujours à genoux.

— Ce serait plus facile si tu détachais la lanière de ton poignet.

— Je sais.

— Pourquoi tu le fais pas ?

— J'sais pas.

— Au moins tu es sincère. Y a peut-être encore de l'espoir pour toi. J'avais peur que tu me sortes encore une explication à la gomme, que tu me dises par exemple que tu dressais ton faucon.

— Je le dresse.

— Pour quoi faire ?

— Pour chasser.

— Pauvre petit père, dit-elle en lui tapotant l'épaule comme on console un gosse, et le faucon n'arrive pas à trouver ce que tu chasses.

— Essaie d'avoir un peu de bon sens.

— Le bon sens ! Encore une connerie. Je déteste les gens qui ont du bon sens, parce que je comprends jamais ce qu'ils racontent.

— Désolé d'avoir été si long, dit Peter Sweet, en revenant d'un pas vif avec une sacoche noire.

Il posa la sacoche à côté du môme. George trouva qu'elle ressemblait à une trousse de médecin, ce qui l'énerva. Il s'attendait presque à le voir sortir un stéthoscope. Mais Peter Sweet n'en retira qu'un grand flacon ambré et une grosse boule de coton. Il n'était pas très à l'aise.

— Je ne vous l'avais pas encore dit, mais c'est un bel oiseau que vous avez là.

— Merci, dit George. Qu'est-ce que c'est ? demanda-t-il en désignant le flacon.

— Un antiseptique. Pour les germes. Les bactéries. Il y a beaucoup de… d'endroits où elles peuvent se nicher dans une morgue.

— C'te bonne blague, fit Betty. Vous avez le chic pour dire les choses, vous.

— On n'est jamais trop prudent, vous savez.

Il inspecta sa sacoche – tout semblait en ordre – et essuya délicatement la figure de Fred avec le coton humecté. Les ailes du faucon étaient écartées et rigides, son camail hérissé, mais ses serres tenaient ferme. Peter Sweet soupira et dit :

— J'aimerais beaucoup que vous sortiez maintenant.

— Ne vous occupez pas de moi, dit George.

— Je ferai très attention à votre faucon. Ça ne me prendra qu'une minute pour… pour, disons, le *désengager* du défunt et…

— Allez-y, bon Dieu !

— J'ai été très patient jusqu'ici, dit Peter Sweet. Dans le métier, la patience est la première chose qu'on apprend. Vous…

— Allez-y !

— … êtes venu ici cette nuit avec un faucon,

vous avez renversé le défunt, vous l'avez défiguré et, à aucun moment, je n'ai perdu patience.

Sa voix restait posée, amène, mais il changeait de couleur à chaque mot et une horrible veine formait une fourche sur l'arête de son nez.

— Mon père doit arriver ce matin à sept heures pile, continua-t-il. Il s'attend à ce que tout soit en ordre. Il ne comprendra pas du tout. Il a appris la patience, lui aussi, mais il ne comprendra pas pourquoi le garçon n'est pas prêt. (Il tria le contenu de sa sacoche.) Papa sait que nous l'avons promis pour dix heures. C'est le seul corps que j'avais à préparer et j'avais toute la nuit pour le faire. Papa ne comprendra pas pourquoi je n'ai pas fait ce que j'étais censé faire. Pas du tout. Alors, si vous voulez bien attendre dans le hall, maintenant…

— Je ne bougerai pas d'ici, dit George.

— Nous ne laissons jamais la famille regarder. Jamais.

Betty posa la main sur son épaule. Elle était devenue très pâle.

— Laisse ce type faire son boulot. On peut attendre dehors. C'est pas la peine de te faire du mal, ça sert à rien.

— Vous n'êtes pas raisonnable, dit Peter Sweet.

— Découpez-le, dit sèchement George.

— C'est barbare, dit Betty.

Peter Sweet s'emporta :

— Les familles pensent parfois qu'elles pourront supporter le spectacle. Mais elles se trompent !

Même les gens du métier ne supportent pas ça. Aucun croque-mort n'a jamais embaumé son propre frère.

George enrageait. Il avait l'impression d'avoir attendu cet instant toute sa vie.

— Le jour se lève, dit-il. Regardez par la fenêtre ! Il fait déjà jour. Votre père va bientôt arriver. Il s'attend à ce que tout soit en ordre.

Peter Sweet sortit une grosse boîte ronde de la sacoche et la posa sur le sol à côté du cadavre. George lut l'étiquette : Lyfe Lyke, revitalisant.

— Revitalisant ? dit-il.

— C'est un cosmétique, expliqua Peter Sweet. Un spécialiste en pompes funèbres doit avoir la science d'un esthéticien, la foi d'un prêtre et… (d'une chiquenaude papillotante, il fit jaillir un long scalpel affûté comme un rasoir)… et le doigté d'un chirurgien.

Sans hésitation, sa fine main pâle se faufila sous l'aile du faucon et trancha le visage de Fred de l'arête nasale à la commissure des lèvres, ce qui libéra deux griffes et provoqua l'abaissement de la paupière, qui se ferma en un clin d'œil sardonique.

George, en voyant la mimique, ouvrit la bouche pour crier, mais tomba dans les pommes.

TROISIÈME PARTIE

ENVOLÉ

15

George émergea lentement du cirage. Il avait un peu de mal à faire le point sur l'image et à régler le son sur les voix de Betty et du croque-mort.

— Exact, disait Betty. D'après papa, c'est une espèce en voie de disparition.

— Ah, votre père élève des faucons aussi ?

— Oh, jamais de la vie.

Ils étaient penchés au-dessus de lui. Leurs visages vacillaient comme la pièce. Le faucon était sur le sol, derrière sa tête. Il sentait la laisse tirer sur son poignet et, de temps à autre, recevait le vent de ses ailes battantes. Betty et le croque-mort continuaient à tchatcher en regardant l'oiseau.

— Papa est membre du Sierra Club et d'une douzaine d'associations pour la protection de la nature. Alors il connaît bien la liste des espèces en voie de disparition. Quand une espèce y est inscrite, elle n'en sort plus, ou presque jamais. En fait, quand elle est rayée de la liste, c'est qu'elle est éteinte.

— Vraiment ? dit Peter Sweet avec tant de

sollicitude et de compassion qu'on aurait pu croire qu'ils parlaient d'un proche parent

— Oui, oui. Et ensuite elle est portée sur la liste des espèces disparues. En fait, le seul moyen de sortir de la liste des espèces en voie de disparition, c'est d'entrer dans la liste des espèces disparues.

Long silence. Ils observaient le faucon, muets.

— Un bel oiseau, dit Peter Sweet. Un oiseau noble.

— Un peu ébouriffé, peut-être, dit Betty.

— Tout de même, tout de même. Une grande noblesse.

— Si vous voulez. Je sais pas bien ce que ça veut dire, la noblesse. En tout cas, si mon père le voyait attaché à une laisse, il en ferait une maladie.

— On dirait qu'il s'est calmé.

— Ouais, possible.

Elle toucha négligemment le front de George, de sa paume sèche et froide.

— Peut-être qu'il est presque affaité. Il serait temps. J'espère qu'il pourra l'affaiter avant de le tuer.

— La fêter, dites-vous ?

— Oui, c'est ça. C'est le mot qu'il emploie. Affaiter le faucon.

— Ah, d'accord. Affaiter. Très intéressant.

— Le génocide aussi était intéressant, avant que Hitler s'y mette pour de bon.

— Je ne saisis pas.

— Moi non plus.

George vit que le catafalque avait été réinstallé.

Le cercueil avait retrouvé sa place. Fred était dedans, légèrement incliné pour offrir un bon angle de vue. Il avait le visage rayonnant. Plein de vie. Il dormait. George chercha des traces de griffes sur ses joues. Il n'y en avait pas.

— Il est véto, disait Betty. Vétérinaire pour grands animaux.

— Où ?

— À Ft. Lauderdale.

— Vétérinaire pour grands animaux à Ft. Lauderdale ?

— Il y en a plus que vous croyez à Ft. Lauderdale. Papa a quatre vétos qui travaillent pour lui dans sa clinique.

George grogna pour attirer leur attention.

— Qu'est-ce qui s'est passé ? gémit-il.

En vérité, il se rappelait très exactement ce qui s'était passé, dans les moindres détails.

— T'as tourné de l'œil, dit-elle.

— Comment il… comment il est ?

— Il est parfait, répondit Peter Sweet, parfait. (Il regarda Fred.) Comme neuf.

— Façon de parler, dit-elle.

— Et le faucon ?

— En meilleur état que Fred, dit-elle.

George essaya de lui lancer un regard sévère, mais qui resta sans effet : ça lui demandait un trop gros effort de concentration.

— Tu n'as pas une bonne nature, Betty, dit-il.

— On est quelques-uns dans mon cas, dit-elle.

George se tourna vers Peter Sweet.

— Excusez-moi de m'être évanoui.

— Il n'y a pas de mal. (Peter Sweet lui serra gentiment le bras, comme pour lui prendre le pouls.) Il fallait s'y attendre.

— Tu crois que tu peux te lever maintenant ? demanda Betty.

George s'assit lentement, observa le faucon, puis se hissa sur ses genoux.

— Ça va aller, dit-il.

Il rampa vers le faucon. Il sentait peser sur lui le regard de Peter Sweet et de Betty. À marcher comme ça à quatre pattes, il avait l'impression de retomber en enfance. Il avait même envie de pousser des vagissements de moutard. Il aurait été capable de dire « areu » sans s'en rendre compte. C'était la première fois de sa vie qu'il se sentait aussi peu maître de lui. L'oiselle le regarda avancer vers elle. Elle se hérissa, les ailes à demi déployées, l'œil farouche. Mais elle ne s'éloigna pas. Il glissa doucement la main sous sa gorge et il lui sembla qu'elle s'appuyait sur lui. Il la mit sur son poignet et se leva.

— Elle a l'air… changée, dit Betty.

— Elle est peut-être simplement fatiguée. J'ai dû la crever en la trimbalant dans toute la ville.

Mais, rien qu'à la façon dont elle se tenait sur son poignet, à la pression constante de ses serres, il savait qu'elle avait effectivement changé. C'était presque inouï qu'un faucon se soumette en un jour et une nuit. On disait que les plus grands fauconniers étaient capables d'affaiter un oiseau en deux jours et deux nuits. Pour les plus récalcitrants, il fallait parfois jusqu'à neuf jours. Mais un seul jour et une seule nuit, c'était un exploit qu'il n'avait vu mentionné dans aucun de ses livres. L'idée d'avoir réussi à dominer le faucon en un laps de temps aussi court lui donna des frissons de plaisir dans tout le corps. Il était si content, si fier, si épanoui qu'il en oublia complètement le môme exposé dans le cercueil derrière lui.

— Vous pouvez regarder, maintenant, dit Peter Sweet.

— Quoi ?

— Le garçon. Je l'ai retapé. Il ne vous fera plus peur.

Peter Sweet le prit par le bras et l'approcha du catafalque.

— Mais surveillez quand même cet oiseau, ajouta-t-il.

— Elle s'est calmée maintenant, dit George.

— Reculez ! Éloignez cette chose ! supplia Peter Sweet, en se retenant pour ne pas tordre le cou du faucon.

George tenait l'oiselle au-dessus du cercueil, directement à l'aplomb du visage vulnérable aux joues roses.

— Elle s'envolera plus, dit-il.

Il était content de l'avoir avec lui, de la savoir là pour le distraire et lui fournir un sujet de conversation. Il n'avait pas envie de regarder le môme lui-même.

— Il a taillé dans le biais, dit Betty.

— Quoi ? fit George.

Mais il avait déjà compris.

— Il a taillé dans le biais, répéta-t-elle. Suivant le contour naturel de l'os. C'est un magicien, il fait tout ce qu'il veut avec un visage.

— Je serais plus rassuré si vous éloigniez cette chose, murmura Peter Sweet.

— Un magicien, poursuivit-elle. Un véritable magicien. Fallait voir ça. (Elle tirailla le bras de George.) Regarde. Non mais regarde comment il a fait ça.

George avait déjà inspecté le visage. Les contours lisses et arrondis de la figure de son neveu avaient attiré ses yeux comme un aimant. Il n'y avait aucune marque.

— Oh, vous me flattez, dit Peter Sweet. Vraiment vous me flattez.

George avait sorti une plume de sa poche et caressait la gorge du faucon en émettant de petits couinements. Ça lui procurait une occupation et lui donnait l'impression d'être totalement absorbé par ce qu'il faisait, alors qu'en réalité il avait envie de déguerpir en vitesse. La gueule grimée, rafistolée, replâtrée, camouflée du môme lui coupait le souffle et le faisait flageoler. C'était plus pénible à voir que l'entaille béante et exsangue ouverte par le scalpel.

— … flattez, mais j'avoue que je me suis donné du mal.

Peter Sweet s'était approché du cercueil et promenait ses mains souples au-dessus du corps. Il parlait en faisant de petits mouvements ondulatoires.

— N'importe qui peut apprendre à embaumer, n'importe qui peut apprendre à préparer le défunt, mais le *grand art*, dit-il en levant avec emphase un doigt tremblant, le grand art, c'est le visage. C'est ça que les gens paient. C'est ce qu'ils veulent voir. J'ai un oncle qui, lui, est *vraiment* un magicien. Il peut reconstruire un visage détruit à quatre-vingt-dix pour cent, avec une bonne photographie. Vous me suivez ? Vous lui apportez une oreille et une joue – avec une bonne photo comme modèle – et il vous restitue le reste du visage. Avec toutes les expressions que vous désirez : méfiance, résignation, joie, perplexité, tout. Tonton Hubert peut faire n'importe quoi avec un visage, sauf lui rendre la vie.

— Le faucon a besoin d'air, dit George en se détournant du cercueil.

— Quoi ? dit Peter Sweet.

— De l'air… de l'air…, fit-il, haletant, en décarrant au pas de charge.

Peter Sweet le rattrapa devant la porte grillagée et lui serra la main, à travers le gant de soudeur. Il faisait jour, mais le soleil était masqué par un rideau de nuages sombres. Le temps était à la pluie. Le faucon baissait la tête, en balançant au gré des mouvements de son bras, soumis et domestiqué comme un poulet.

— Ce fut une nuit pleine d'imprévus, dit Peter Sweet.

— Oui, dit George, impatient de mettre les voiles.

— Mais nous nous efforçons de parer à toute éventualité.

— Vous avez été parfait, dit Betty en lui tapotant l'épaule. Vous avez réparé les pots cassés et fait un excellent boulot.

— Écoutez, dit George. Je suis désolé pour…

— Il n'y a pas de mal, dit Peter Sweet.

George se dirigea vers le parking.

— Prenez soin de ce faucon, lança le croquemort de loin.

George s'arrêta.

— Pardon ?

— J'ai dit prenez soin de ce faucon, il a l'air de compter beaucoup pour vous.

— En effet.

— Alors prenez-en bien soin. Il commence à être un peu défraîchi.

— C'est toujours comme ça pendant le dressage.

— Ouais, ils en voient des vertes et des pas mûres pendant le dressage, dit Betty.

— On peut pas faire autrement, dit George.

— Je sais ce que c'est, dit Peter Sweet.

Ils le plantèrent là et regagnèrent la voiture de Betty. Quand ils s'engagèrent dans la rue, Peter Sweet était toujours debout devant la porte et leur faisait des signes de la main. L'oiselle voyagea sur le poing de George, en dodelinant de la tête. Elle somnolait. Il lui caressait le cou et la gorge avec la longue plume. Sa tête penchait de plus en plus. Il l'effleura doucement sur la joue. Elle se redressa, cligna des yeux et fit claquer son bec.

— C'était un brave type, au fond, dit Betty. Je l'ai aidé pendant l'opération. Une fois que c'était commencé, c'était pas si terrible. Après la première incision, il a expédié ça comme une lettre à la poste.

— Arrête.

— Ce qui m'a sciée, n'empêche, c'est la légèreté de Fred. J'ai aidé à le soulever. Léger comme une plume. Incroyable. Évidemment, c'est parce que…

— N'insiste pas, s'il te plaît.

Il gifla l'oiselle avec la plume. Elle dressa la tête, jeta un œil dans la rue et se remit à somnoler.

— Tu l'as vachement débourré, ton oiseau, dit Betty.

— On les débourre pas, on les affaite.

— Celui-là, tu l'as débourré. Merde, arrête de lui taper dessus.

— On les affaite, on les débourre pas. Et si j'arrête de la taper, elle va s'endormir.

— Débourrer, je te dis, *débourrer* ! Appelle les choses par leur nom.

— Tu peux parler, tiens, dit-il amèrement. La fille d'un docteur ! (Il la vit rougir et pensa avoir touché une corde sensible.) Ça joue les pauvres et c'est la fille d'un toubib. Et de Ft. Lauderdale, en plus ! « Papa a quatre vétérinaires qui travaillent pour lui dans sa clinique », fit-il en imitant sa voix.

Il ne lui pardonnait pas ça. Il s'échauffait, il

sentait la moutarde lui monter au blair. Quand elle s'était amenée dans sa boutique, elle avait l'air de sortir de la Seconde Guerre mondiale. Elle portait un jean raboté au cul et rapiécé avec une espèce de tissu rose délavé. Une chemise sale et froissée. Les pieds nus. L'air affamé. Elle cherchait du travail, qu'elle disait, elle était prête à faire n'importe quoi, qu'elle disait – et elle n'avait d'ailleurs pas tardé à le prouver.

— Faire semblant d'être pauvre, c'est pire que de faire semblant d'être riche, dit-il avec une mine dégoûtée.

Elle regardait droit devant elle. Ses joues avaient retrouvé leur couleur normale. Mais ses lèvres étaient plus pincées que jamais. Comme quand elle lui avait joué la comédie de l'orgasme.

— Je te dépose où ? demanda-t-elle.

— Chez toi.

— Ça va pas, non ?

— Je peux pas rentrer chez moi. Le faucon doit encore travailler. Et ils vont me sauter dessus si je débarque maintenant.

— Peut-être pas.

— Mais on sait jamais. Je vais chez toi.

— Si ça peut te faire plaisir. Pour ce que j'en ai à foutre, de toute façon.

La maison était tranquille quand ils arrivèrent. Tout le monde devait pioncer. Le ciel s'était assombri. À l'est, l'horizon était noir de nuages. George sortit de la bagnole, suivit Betty dans la cour envahie de mauvaises herbes et jusqu'à sa chambre au fond du long couloir. De grosses gouttes de pluie cinglaient la vitre sale de la fenêtre et la pièce était sombre comme à la tombée de la nuit.

— Sale temps, dit-il.

Elle ne répondit pas. Elle était debout devant une commode. Comme elle était de dos, il ne voyait pas ce qu'elle faisait. Quand elle se retourna, elle tenait une petite boîte métallique, qu'elle posa sur la table, et s'assit. Elle en sortit un sachet en cellophane.

— Qu'est-ce que tu fais ?

— Je roule un joint.

— Tu veux dire de la marijuana ?

— C'est ce que je veux dire.

Elle lécha le papier et, d'une main experte, confectionna une fine cigarette serrée.

— J'ai lu que ce truc-là provoquait des dégâts dans le cerveau.

— J'espère bien.

— T'es folle de dire ça.

— Possible.

Il s'assit sur une chaise et grogna.

— Qu'est-ce qu'il y a encore ?

— Ça m'élance dans le bras. J'ai tout le côté droit qui me fait mal.

— Tu devrais te défoncer avec moi. Enlève ce machin de ton poignet et laisse un peu dégazer ton cerveau, toi aussi. L'homme n'a pas été fait pour garder toujours la tête froide.

— Je peux pas.

— Écoute, tout ça, c'est des blagues. Ils te racontent que la marijuana peut te coller toutes les maladies de la terre, depuis la schizophrénie jusqu'aux hémorroïdes. Des dégâts dans le cerveau… Fais pas attention à ces conneries. Fumer un joint, c'est comme boire une bière. Mais en mieux.

— Je peux pas détacher le faucon de mon bras.

— Comme tu voudras, dit-elle avec bonne humeur. Je m'en tape.

Il la regarda fumer. C'était la première fois qu'il voyait fumer de la marijuana. Des volutes lui parvinrent à travers la table. Une bonne odeur, un peu douceâtre. Elle ne tira que quelques bouffées, même pas un demi-centimètre, puis mit le mégot incandescent dans sa bouche et l'avala.

— Ça te rend pas malade de bouffer ça ?

Elle se fendit d'un petit sourire tendre.

— Non.

Ils se regardèrent. Quelque part dans la maison, une chasse d'eau grinça. La pluie martelait les carreaux. La pièce était de plus en plus sombre. Le faucon semblait au bord de l'évanouissement. Il devait constamment lui caresser le cou et la tête pour l'empêcher de dormir.

— J'ai une idée, dit-elle.

Le sourire restait figé sur ses lèvres, sans signification, comme un oubli. Ça lui donnait un air bizarre, un peu dément.

— On n'a qu'à fabriquer un bras et une main artificiels. On enfile le gant dessus. On met le faucon sur le gant, on met un joint dans ta main et on s'envoie en l'air.

— C'est ridicule.

— Ah, t'as retrouvé ta langue.

— C'est vraiment comme boire une bière ?

— Exactement pareil.

Le sourire dément s'accentuait, devenait plus intime.

— Je boirais bien une bière, là maintenant, tiens. Mouais.

— Regarde ça et dis-moi ce que t'en penses.

Elle alla prendre une longue chaussette blanche dans la commode et la bourra de feuilles de papier journal roulées en boule. Puis, sur une étagère au-dessus du pieu, elle attrapa une bobine de ruban adhésif, qu'elle dévida entièrement et enroula autour de la chaussette. Elle revint vers lui, retira le gant de soudeur de sa main gauche et y fourra la chaussette. Au pied de son lit, il y avait un dictionnaire et un bouquin d'histoire de l'art. Elle les disposa sur le sol et coinça le gant entre les deux, à un angle de quarante-cinq degrés.

— Alors, qu'est-ce que t'en penses ? demanda-t-elle, à genoux à côté de son œuvre.

Il ne dit rien, ne trouvait rien à dire.

— Plus important, reprit-elle, qu'en pense la fauconne ?

— J'sais pas.

Il se sentait extraordinairement tarte.

— Le seul moyen de le savoir, dit-elle, c'est de la mettre dessus.

— Elle se laissera pas faire.

— Essaie toujours. Enroule la laisse autour du bouquin du dessous et pose-la sur le gant. On verra bien ce qui se passe.

Il avait l'épaule ankylosée, et la perspective de soulager son bras endolori le tentait bigrement. Mais il ne bougea pas. Ça lui semblait indigne de poser le faucon sur un faux bras. Ça ne faisait même aucun doute dans son esprit : c'était un acte coupable. Mais bon Dieu ce qu'il avait mal ! Et, plus il y pensait, plus la douleur se précisait. Machinalement, il se pencha vers l'installation de Betty. Elle lui prit le bras et l'attira vers elle. Sans réfléchir, il approcha l'oiselle de la fausse main. Les serres se posèrent sur le gant et elle resta perchée. Il bougea lentement son bras courbatu de haut en bas. Il avait l'impression de souffrir encore plus, maintenant que le faucon l'avait quitté.

— Elle s'est perchée sans hésiter, t'as vu ? dit Betty.

— Attends de voir combien de temps elle y restera avant de crier victoire.

— Tu veux ce joint, maintenant ?

Il ne répondit pas. Elle se leva, alla rechercher la petite boîte métallique et la posa entre eux, devant le faucon. Il le caressa avec la plume pendant que Betty roulait une autre cigarette. Elle la lui tendit. Il la prit.

— Aspire fort, dit-elle, et garde la fumée dans les poumons. Avale un peu d'air en même temps. Ouais. Attends, passe-le-moi.

Elle reprit le joint et lui montra. Il réessaya.

— Bien, dit-elle. Ça y est, t'as pigé.

Il lui donna la plume et elle caressa le faucon pendant qu'il fumait. Ça lui brûlait le gosier. Il se sentait un peu nauséeux et avait l'impression que la marijuana ne lui faisait aucun autre effet que cette nausée.

— J'aime pas ça, dit-il.

— Attends un peu, tu peux pas encore savoir. Faut le temps.

— Ça me fait rien du tout.

— Dans une minute, si tu bouges le cul, t'auras la tête qui se dévisse, tu verras.

Elle avait déjà roulé un autre joint. Ils bavardèrent en se le repassant.

— Tu lui as donné une religion, à cette fauconne, dit-elle en voyant George gifler l'oiseau avec la plume.

— T'y connais rien.

Elle ferma un œil pour observer le volatile.

— Je sais pas si elle prenait les hommes pour des dieux, quand elle volait en liberté. Mais je sais que, maintenant, elle *te* prend pour un Dieu. Elle te regarde et elle sait qu'il n'y a qu'un seul Dieu dans l'univers, et c'est toi. *Toi*, mon p'tit gars.

— Ça t'avancera à rien de blasphémer.

— Non, c'est sûr. À rien du tout. Tu connais quelque chose qui *fait* avancer ?

Elle lui adressa son sourire abstrait de démente, qu'il regarda longuement, très longuement, et – deux fois au moins, peut-être plus – pendant qu'il le regardait, il oublia momentanément où il était, ce qu'il faisait là, et pourquoi elle lui disait ces trucs bizarres. Mais la vue du faucon somnolant le ramenait toujours à la conscience de l'instant, et il le caressait avec la plume pour l'empêcher de dormir.

— C'est pas comme boire une bière, dit-il.

Elle continuait à lui sourire. Il ne savait pas si elle l'avait entendu, et il n'était même pas sûr d'avoir parlé.

— C'est pas exactement pareil que de boire une bière, reprit-il en se concentrant sur le mouvement de ses lèvres et la position de sa langue dans sa bouche.

— C'est ce qu'on m'avait dit. (Elle lui fit un clin d'œil et sourit.) On m'avait dit que c'était comme boire une bière. J'en sais rien… je bois pas de bière. Mais c'est ce qu'on m'avait dit.

— Faut pas les croire. (Il était très sérieux tout à coup, comme s'ils débattaient d'une question de vie ou de mort.) Faut pas croire ceux qui disent ça. Moi, je bois… de la bière. C'est pas exactement pareil que ça.

— Bon. D'accord.

Ils étaient couchés par terre maintenant et avaient tous deux la tête tournée vers le faucon. Il contemplait ses paupières grises, diaphanes, qui obturaient ses yeux d'or. Quel émerveillement. Comme c'était beau de les voir se fermer lentement et se rouvrir brusquement. Il oubliait qu'il ne fallait pas regarder ses yeux, que ça la terrifiait. Il n'y pensait plus ; quand il se le rappelait, il regardait ailleurs, puis il oubliait et la regardait de nouveau.

— Je l'aime, ce faucon, dit-il. Je l'aime beaucoup.

— Hmmmmmmmm, fit Betty.

— Beaucoup beaucoup beaucoup beaucoup beaucoup.

— Essaie de le lui dire.

— Je t'aime beaucoup beaucoup beaucoup beaucoup beaucoup, dit George au faucon.

— E' t' croit pas.

— Hein ?

— Elle ne croit pas que tu l'aimes, reprit-elle en articulant soigneusement.

— Oh, mais je l'aime quand même.

— J'entends ce qu'elle pense. Elle pense que t'as une drôle de façon de le lui montrer.

— Tout ce que je lui ai fait est nécessaire.

— Bien, dit-elle.

Elle essayait maladroitement de rouler un autre joint, qu'elle parvint finalement à faire tenir tant bien que mal. Mais il n'était pas aussi serré que les deux autres. Elle leva les yeux et vit que George l'observait.

— Cette herbe a été trempée… et euh… euh ? C'est pour ça que maman elle plane si bien… euh, tu vois, je l'ai raté, çui-là… euh… mais il se fumera quand même.

— Trempée ?

— C'est meilleur quand on la trempe dans un peu d'héro.

— Je pense, dit-il en tirant plusieurs longues bouffées, que c'est ce que j'ai lu qui te fait des dégâts dans le cerveau.

— Et qui te fait planer aussi.

Ils le fumèrent consciencieusement et elle le termina en boulottant les derniers millimètres du mégot, parce qu'il commençait à se déliter. Avec la plume qu'il lui tendait elle fila une petite baffe au faucon, puis elle la lui repassa et il le baffa aussi.

— Si le vieux Fred était là, dit-elle, il nous roulerait un joint nickel impec qui nous ferait chialer. (Elle reprit la plume.) Il avait de ces mains.

— Il savait s'en servir.

— Et comment.

— Des mains.

— Et des doigts.

— Exact, dit-il.

— Mais il est pas là.

— Non, il viendra pas ce soir.

Ils s'échangeaient la plume et giflaient le faucon à tour de rôle.

— Écoute, dit George. Désolé. Je suis désolé.

— Il est désolé pour quoi, mon petit raccommodeur de sièges ?

— Rigole pas.

— Non.

— Pour tout à l'heure. Les vétos. Quand j'ai dit que tu faisais semblant. Je suis désolé. C'est tout. Ça me semblait pas normal que t'aies un père avec quatre vétos dans une clinique. Ça cadrait pas avec cette piaule et la table à découper. Pas ton genre.

— Pas normal que j'aie un père, c'est ça ?

— Précisément.

Il ne savait déjà plus de quoi ils parlaient. Puis, retrouvant le fil :

— Non. C'est pas normal que t'aies un père.

— Ça m'a toujours paru louche aussi. Mais, un beau jour, il était là.

— Je sais bien, dit-il. (Et il avait réellement l'impression de savoir une vérité profonde, non seulement sur la vie de Betty, mais sur la sienne.) Je *sais* très bien tout *ça*.

Mais, quelle que fût cette vérité qu'il avait découverte, elle restait informulable. Elle était là, quelque part dans son esprit, il le savait et, dès qu'elle se présenterait de nouveau, il la reconnaîtrait. Et ça le mettait en joie.

— Un jour, il y avait ce docteur pour animaux dans la maison avec moi, dit-elle. Avec *moi*. T'imagines. Oui. Et il y avait des voitures. Et des footballeurs du lycée. Et des laveurs de vaisselle. Et… et… des trucs. Des tas de trucs. (Il lui passa la plume. Elle tapa le faucon.) Donc, un jour, j'ai décidé de faire comme si c'était pas vrai. J'ai décidé de faire comme si c'était autre chose qui était vrai. J'ai fait semblant d'être pauvre. C'est ce qui t'a mis le feu au cul, hein ?

George n'avait pas écouté. Il admirait le fonctionnement des paupières de l'oiseau. C'était très beau et très personnel.

— Tu veux pas l'admettre, mais c'est vrai, dit-elle. Ça t'a mis le feu au cul.

— Je suis prêt à tout admettre.

Il aurait bien voulu savoir de quoi ils parlaient, afin de pouvoir l'admettre.

— Mais je *suis* pauvre, dit-elle. Dès que j'ai fait semblant de l'être, c'est devenu vrai. J'ai des fringues merdiques et j'ai pas de quoi bouffer. C'est être pauvre, ça. Demande à n'importe qui. C'est être pauvre.

— Je te crois. Et je l'admets. J'admets tout.

— Comme c't oiseau-là, dit-elle en balançant un vicieux coup de plume au faucon. C't oiseau qui fait semblant de prendre une chaussette bourrée de papier journal pour un bras.

— Elle sait très bien ce qu'elle fait.

— Je suis d'accord.

— Elle est crevée. Elle fait pas semblant. Elle est crevée.

— Peu importe la raison. C'est le moins important de tout, la raison. Ce qui compte, c'est ce qu'on veut croire. Elle veut croire que c'est un bras.

— C'est pas exactement comme de boire une bière.

— Tiens, dit-elle en lui repassant la plume.

Il la prit, tapa le faucon et la lui rendit. Et paf, elle tapa aussi. L'oiselle clignait des yeux, paf, paf, clignait, clignait.

— Elle doit se demander pourquoi on la claque comme ça, dit-elle. Je voudrais bien savoir ce qu'elle en pense.

— Oh, elle y pense même pas.

— C'est ce que disent tous ceux qui claquent les faucons.

— À mon avis, dit George, elle doit penser… Merde, j'sais pas.

— Elle pense qu'on essaie de lui faire jouer un autre rôle.

— Tu crois ?

— Je sais pas.

Ils restèrent silencieux un instant. Ils se repassaient la plume.

— Je me demande quel rôle jouait Fred.

— Personne le saura jamais, dit George.

— Mon Dieu, dit-il en cinglant le faucon avec la plume.

— Quoi ?

— Rien.

— Ah.

Le faucon vacillait sur le poignet factice. Ses yeux avaient un éclat très particulier sous ses paupières grises et sèches.

— Il a dit amour, reprit Betty.

— Hein ?

— Amour.

— Amour ?

— Quand il m'a retiré ma culotte, il a posé la main sur moi et a dit : *amour*.

George redescendit sur terre et dit :

— Pur hasard. Une fois, il a dit *chaussure* dans un magasin Thom McAn.

— Il y avait dans ce mot tout ce qui y manquait d'habitude. Tout ce qu'y avait pas dedans les autres fois où on me l'avait dit.

— Je comprends pas.

Elle le regarda et, à nouveau, lui adressa ce lent sourire abstrait, qui ne lui paraissait plus dément à présent, mais infiniment doux et intime.

— Il a posé sa main miraculeuse entre mes jambes et il a dit : *amour*.

— Precious en aurait fait une syncope. Mais c'était sa mère et elle croyait en lui.

Tout lui semblait de plus en plus clair. Il avait l'impression de voir la face cachée de toute chose, passée et présente. Il se souvenait exactement de l'attitude de Precious chaque fois que son fils avait prononcé un mot pertinent : *viande* chez le boucher, *dent* chez le dentiste. Mais, juste au moment où le faucon redressait la tête, il le gifla avec la plume et le monde chavira. Quand sa vue se stabilisa de nouveau, il avait le visage de Precious devant les yeux, mais il ne savait plus pourquoi il avait pensé à elle, ni ce qu'ils avaient pu se dire, ni pourquoi il était couché là.

— Eh !

— Quoi ? fit-elle.

— Dis-le-moi.

— Quoi ? Te dire quoi ?

— Dis-le.

— Plume.

Et, baissant les yeux, comme par miracle, il vit qu'il tenait une plume à la main. Les battements de son cœur ralentirent, parce que, juste devant lui, il y avait d'autres plumes. Tout un oiseau plein de plumes.

Il sourit jusqu'aux oreilles et cria :

— C'est *ça* !

— Haut, dit-elle.

Il roula sur le dos et, au-dessus de lui, il n'y avait que du *haut*. Et encore du *haut*. Il regarda vers le ciel, de l'autre côté, en *haut*, toujours plus *haut*.

— Je crois qu'on devrait, dit-il.

— Je suis toujours prête.

— Après ça, y aura plus rien.

— T'as raison.

Enfin, ils allaient quelque part. *Il* allait quelque part. Au cœur de ce qui était important. Il avait toujours su que, s'il attendait assez longtemps et faisait l'effort nécessaire, il y arriverait. Il la regarda. Elle avait un visage radieux, à part ses yeux qui ne semblaient rien voir.

— Je veux que tu saches à quel point c'est important pour moi, dit-il.

— Tu veux un autre joint ?

— C'est quoi, un joint ?

16

L'oiselle et lui rentrèrent ivres à la maison, lui ivre d'herbe, elle de fatigue. La pluie, très drue pendant toute la durée de l'averse, avait cessé, laissant une brume de chaleur sur la ville. Le ciel était sombre et sillonné de nuages gris. Il avait l'impression de se rendre à sa propre exécution. L'intérieur de sa poitrine était un espace vide, triste et mort, hanté par le visage de son neveu. Au plus fort de son babillant vertige herbacé, il avait vu distinctement Fred dans son lit de noyé, qui le regardait en disant : *Tu n'as jamais. Tu n'as jamais*. Et la signification des mots lui était apparue aussi clairement que le visage du môme.

— Betty.

Ils étaient tous deux couchés sur le ventre, à surveiller le faucon, qu'ils tapaient tour à tour quand il baissait la tête. Betty s'était lentement tournée vers George, avec un visage complètement inexpressif.

— Je sais maintenant, dit-il.

Elle le regarda longuement avant de répondre :

— Tant mieux.

— J'ai commis l'erreur de penser qu'il y avait autre chose après, que Fred voulait dire : Tu n'as jamais *ceci ou cela.*

Elle l'observait d'un œil veule.

— Il n'y a pas de *ceci ou cela*, dit-il. Il n'y a *rien.*

— Tape le faucon, dit-elle, tape le faucon.

Il tapa le faucon.

— Fred voulait dire : Tu n'as jamais, *point.* Tu n'as jamais, tout court.

Bougeant à peine les lèvres, elle dit : « Passe », lui prit la plume et retourna une double baffe au faucon.

George hocha lentement la tête et récupéra la plume.

— Merde, il serait temps de l'admettre, dit-il. Je n'ai jamais. Il n'y a rien après le *jamais*, rien qu'un point.

Betty soupira et ferma les yeux. Il écouta longtemps son souffle aller et venir entre ses lèvres fines. Puis il se leva et percha l'oiselle sur son gant. Elle retourna immédiatement sur l'autre gant, celui qui était fixé entre le dico et le bouquin d'art. Il la reprit. Elle s'envola de nouveau. Il ne parvint à la faire tenir en place qu'en délogeant le faux bras de son support. Quand, baissant la tête, elle vit qu'il n'y avait plus rien entre les livres, elle resta où elle était, sur son poing.

Il sortit tranquillement dans la rue embrumée, laissant Betty étendue parmi les bourres de papier journal et les tortillons de ruban adhésif qu'il avait décollés du gant.

Sa mère poireautait devant la maison quand il arriva chez lui. Il suivit la longue allée et la trouva debout devant le jardin de roses fanées de Precious, comme si elle avait attendu son retour toute la nuit. Elle le regarda approcher et ne prononça pas un mot avant qu'il ne s'arrête devant elle.

— On se faisait du mouron, dit-elle.

— Je voulais être seul.

— Comment tu te sens ?

Il faillit lui répondre qu'il ne sentait rien du tout, mais dit :

— Ça va.

— Le pasteur et Alonzo t'ont cherché dans tout Gainesville.

— Ils ont eu tort.

— On se faisait du mouron.

C'était comme un langage codé, qu'il savait parler mais ne comprenait qu'à demi et qui, de toute façon, ne signifiait probablement rien. Il se demanda un instant si sa mère ferait allusion à leur course-poursuite dans les bois. Vraisemblablement non. C'était une vérité trop crue pour être transposable en code.

— Qu'est-ce que tu vas faire maintenant ? dit-elle.

— Mettre le faucon sur la souche.

— C'est pas trop tôt.

— Ni trop tôt ni trop tard, c'est le moment. Elle est affaitée.

Il la laissa où elle était, près des roses niellées, et contourna la maison jusqu'au sentier menant à la souche près du ruisseau. Il posa le faucon sur la souche, attacha sa laisse à l'anneau fixé à la base et remonta vers le living-room. Il entra par la porte de derrière. Ils l'attendaient tous, même sa mère, qui était rentrée s'asseoir dans le fauteuil près de la cheminée. Il y avait partout des reliefs de repas. La moitié d'un quatre-quarts aux pruneaux sur la table basse. Sur une autre table, plus grande, un jambon et un rôti de bœuf, ou ce qu'il en restait, des muffins au sucre, du pain de seigle et de froment en tranches, des radis, de la mayonnaise, de la moutarde et autres condiments dans de petits raviers. Le pasteur, Alonzo et Precious étaient assis sur le divan, Billy Bob sur une chaise à côté de sa mère. Tante Ora et Oncle Jake étaient gentiment posés dans un coin avec leurs rejetons, la petite fille et le petit garçon qu'il avait entendus parler la veille sur la terrasse. Il y avait aussi trois des couseuses de l'atelier, debout en rang d'oignons, qui semblaient attendre un ordre pour bouger, et plusieurs jeunes gens, probablement des parents, qu'il ne reconnaissait pas. Tout le monde le matait. Quand il entra, tous les yeux le suivirent, sans ciller. Leurs visages étaient comme des masques façonnés par un habile artisan pour figurer le chagrin.

George se sentait très détendu et en accord avec lui-même. Il devait se concentrer pour sentir le sol sous ses pas en marchant. En voyant leurs frimes graves et piteuses, il eut envie de leur dire de se détendre aussi, d'arrêter de se prendre la tête. Le môme était mort. C'était un fait. Et c'était merveilleux que ce soit un *fait*. Vivant, il intriguait tout le monde ; mort, il n'était plus un mystère. Du moins en apparence.

— Assieds-toi, dit Billy Bob. Assieds-toi.

— Tu veux un peu de café ? dit Precious.

— Donne-lui un peu de café, dit Alonzo.

Une des couseuses fila dans la cuisine, comme sur un signal convenu. Deux des jeunots l'accompagnèrent.

— Je ne veux pas de café, répondit George.

— Assieds-toi, assieds-toi, dit Billy Bob.

— Mais si, tu en veux, dit Precious.

— Un bon petit café chaud, ça fait du bien, dit Alonzo.

— Qu'est-ce que vous avez tous ? demanda George.

— Un petit café, dit Billy Bob.

— La nuit a été longue, dit sa mère.

— Longue et triste, dit une des couseuses.

— Bah, c'est une nouvelle journée qui commence, maintenant, dit Precious.

— Enfoiré, va, dit Alonzo en riant. Quel enfoiré tu fais.

— Mais qu'est-ce qui vous prend, à la fin ? dit George.

— Alonzo et moi, on t'a cherché partout, vieux, dit Billy Bob.

— Je vous avais dit qu'il allait bien et qu'y

avait pas à s'en faire. Je le savais depuis le début, dit sa mère.

— On s'est tapé la pluie, dit Alonzo. Ça pissait drôlement, cette nuit. (Il parlait très vite.) Moi et Billy Bob, on s'est fait saucer, quelque chose de bien. T'as pris la flotte aussi ? Je suppose que t'as dû t'abriter, avec cet oiseau.

— Vous semblez en meilleure forme, ce matin, frère Gattling, dit le pasteur sans attendre la fin de la phrase d'Alonzo.

— Alors, il vient, ce café ? gueula Billy Bob.

Il aurait gueulé de même à l'Auto Shop, et la couseuse, jaillissant de la cuisine, apporta le café à George avec le même empressement qu'elle aurait mis à apporter une housse de siège. Il prit la tasse et la fille regagna sagement sa place à côté des autres couseuses.

George les regarda le regarder. Rien ne bougeait dans la pièce, pas une main, pas une lèvre, pas un œil. Ils l'observaient tous fixement, pétrifiés, retenant leur souffle. À l'exception de la couseuse qui était allée lui chercher le café, personne n'avait fait le moindre pas depuis son entrée. Même les deux gosses semblaient figés dans de la chair morte, comme empaillés. Le gamin suçait son index en le toisant d'un œil bleu délavé.

— Bois donc ce café avant qu'il refroidisse, dit Alonzo.

— C'est du bon café, j'en ai bu trois tasses, dit Billy Bob. Trois tasses, j'en ai bu.

Chaque fois que l'un d'eux parlait, son masque

facial prenait une expression grotesque, à la fois familière et horrible, que George interprétait comme un prolongement visuel, nécessaire et essentiel, de leur langage codé – un langage que George aurait parlé comme eux s'il avait pu se décider à dire quelque chose. Mais il était trop vanné et trop barbouillé pour faire l'effort de s'exprimer en code. Alors, il leva la tasse et but. Le caoua était presque tiède. Il l'avala d'un trait. Il le trouva sirupeux, très fort et très sucré.

— Là ! dit sa mère.

— C'est pas mieux comme ça ? dit Billy Bob.

— Tu devrais venir te reposer sur le divan, dit Precious en se levant pour lui céder sa place.

Alonzo et le pasteur se levèrent en même temps qu'elle.

Au moment où il allait enfin dire quelque chose, la pièce se déroba. Le divan se mit à tanguer sous ses yeux.

— Assieds-toi, dit Billy Bob, pour l'amour de Dieu, assieds-toi.

Mais tout tournait autour de lui. Il était incapable de mettre un pied devant l'autre. Il regarda dans tous les sens et vit le docteur Leep franchir la porte. La trousse noire qu'il portait lui rappela Peter Sweet et il trouva la comparaison poilante. Il ouvrit la bouche pour dire au toubib qu'il ressemblait à un croque-mort, mais aucun son ne sortit de son pharynx. Il se bidonnait, mais ses zygomatiques ne réagissaient pas. Sa figure était dure comme du bois. Il s'assit par terre avec lenteur, tout cotonneux. Le docteur disait : « Il l'a bu ? Il a bu le café ? » et tout le monde lui répondait en même temps, mais George ne les voyait plus. Il ne voyait que le plafond, qui ondoyait.

Puis le visage de la fillette apparut juste au-dessus de lui. Elle avait des rubans rouges dans ses cheveux couleur des blés et un sourire d'ange. Il lui manquait deux dents. Sa langue était vermillon, humide et vive comme un serpent. Elle se pencha pour approcher sa bouche en cœur de son oreille et susurra :

— *J'espère que tu vas laisser ce faucon tranquille maintenant.*

Il prit son essor. Il était faucon. Il planait sous un ciel adamantin. Il savait que c'était un rêve, mais il était faucon, avec des yeux de faucon, un bec de faucon, une faim de faucon, et il volait dans un ciel plat et limpide où rien ne bougeait. *Je rêve*, pensa-t-il. Mais ses yeux perçants scrutaient les herbes mouvantes. Pendant un long moment, il n'y eut que ce vol silencieux sous le ciel et la conscience frustrante d'être dans un rêve, d'être piégé dans un rêve dont il ne pouvait plus s'abstraire, ni maintenant ni jamais.

Puis il vit quelque chose ligoté dans l'herbe. Nu. Sans défense. Il replia ses ailes, tomba en piqué à une vitesse vertigineuse, enfonça ses serres dans le dos de la chose et déchira ses chairs sanglantes à grands coups de bec. Alors seulement il vit que c'était son neveu. Tout en déchiquetant les nerfs à vif du môme mortellement blessé, il essayait de se dire que c'était un rêve, qu'il n'y pouvait rien, que sa faim était irrépressible. Le môme ne poussa qu'un cri, un seul, avant que le piège ne se rabatte sur eux et ne les enchevêtre l'un sur l'autre.

Or voilà qu'il planait de nouveau et que, de nouveau, glissant sans effort dans le ciel, il scrutait la prairie sous lui. Il vit quelque chose dans l'herbe. Mais, cette fois, il savait que c'était le môme. Il savait que c'était un rêve, il savait que c'était le môme et il savait qu'il était condamné à répéter le même acte lamentable. Il replia ses ailes et piqua. *Ça n'en finira jamais*, songea-t-il. *Ça ne s'arrêtera qu'avec ma mort*. Mais non, même pas ; quelque part au fond de lui, une voix désespérée lui soufflait que le rêve se poursuivrait indéfiniment, même par-delà la mort.

Il se réveilla dans son lit. Precious était assise sur une chaise près de la porte. Elle était vêtue de noir. Il regarda dans la chambre. Son cou lui faisait mal quand il tournait la tête. Il remua sous sa légère couverture. Tout son corps était endolori et rouillé par l'engourdissement.

— Depuis combien de temps je suis ici ?

— Comment tu te sens ? demanda-t-elle.

— Depuis quand je suis dans ce lit ?

— Tu dois avoir faim.

— Depuis combien de temps je suis ici ?

— Tu étais fatigué.

— Nom de Dieu, Precious…

— Depuis hier matin, dit-elle.

— Quelle heure il est ?

— Bientôt midi.

— Vous avez déjà…

Les yeux rouges de sa sœur se ternirent.

— On l'enterre à quatre heures, dit-elle.

Aussitôt, des larmes inondèrent ses joues. Elle pleurait en silence, presque sans s'en rendre compte.

— Je vais te chercher quelque chose à manger.

Elle se leva et sortit en se tenant la hanche à deux mains.

— Attends, Precious.

Mais elle avait disparu. Il l'entendit dire quelque chose dans le couloir, entendit sa mère crier, puis la porte s'ouvrit. Sa mère. Elle était en noir, elle aussi, elle portait même un voile.

— Ma, dis à Precious que je ne veux rien.

— Faut que tu manges, dit-elle.

— Non.

— T'es en rogne.

— Ma, j'ai pas envie de manger. J'ai pas envie de parler. J'ai besoin de rien.

— T'es en rogne à cause de ce qu'on t'a fait avec le café.

Il la regarda et refusa de répondre.

— T'étais fou de chagrin, dit-elle. Ça se voyait. T'as pas besoin d'avoir honte. On comprend ça. Il était comme un fils pour toi.

À son intonation, il devinait qu'elle était elle-même au bord des larmes. Il aurait préféré qu'elle aille pleurer ailleurs.

— … alors le docteur a dit qu'il savait ce qu'il fallait faire et…

Il essaya de ne pas écouter. Il balança ses pieds par-dessus le lit et alla devant la fenêtre. Il pouvait la voir derrière les rideaux. Elle avait l'air bien. Mieux que ça : elle était belle comme tout, posée sur sa souche dans la lumière diaprée du soleil qui filtrait entre les arbres.

— Tu vas pas recommencer avec c't oiseau de malheur, hein ? dit sa mère.

Il faillit lui répondre qu'il n'allait pas *recommencer* puisqu'il n'avait jamais arrêté, puisque le faucon ne l'avait même pas laissé dormir. Mais il savait qu'elle le prendrait encore pour un dingue et, de toute façon, c'était peine perdue que de tenter de lui expliquer ce qui se passait entre lui et l'oiseau. Il retourna se coucher.

— À la bonne heure, dit-elle. Tu te sentiras mieux quand t'auras mangé.

Mais il savait qu'il ne se sentirait mieux que quand *elle* aurait mangé, quand elle se serait posée sur son gant pour manger, quand il aurait la certitude qu'elle ne mourrait pas, qu'elle avait fait son choix entre lui et la mort en optant pour lui. Seulement, il ne pouvait pas dire ça à sa mère. Ce n'était pas raisonnable. Ça n'avait pas le sens commun. Ça ne rapportait pas d'argent. Ça ne remplissait pas le bas de laine pour les mauvais jours. Ça n'améliorait pas sa situation dans la vie. Alors, ça ne ferait que l'angoisser – sans raison, lui semblait-il, mais pourquoi chercher à comprendre ? Il ne comprenait pas lui-même pourquoi, à l'inverse, cette idée lui mettait le cœur en fête à ce point-là. La compréhension, c'était comme le vocabulaire de Fred, ça tombait toujours à côté de la plaque. Il se sentait parfaitement en paix avec lui-même.

— … s'en va avec lui, tu savais ?

— Qui s'en va ? demanda-t-il, reportant son attention sur sa mère, qui n'avait pas cessé de parler pendant sa rêverie.

— Precious. Elle va repartir avec Alonzo.

— Ah bon.

Il n'avait pas prévu ça, mais il n'était pas surpris.

— Ils vont essayer de se remettre ensemble, dit-elle. (Elle suça sa dent creuse et regarda par la fenêtre.) Le vent est mauvais, il nous apportera rien de bon.

Il médita sur le vent mauvais.

— Ils ont encore toute la vie devant eux, reprit-elle en l'épiant du coin de l'œil. Ils sont encore assez jeunes.

— Assez jeunes pour quoi ? demanda-t-il, en connaissant déjà la réponse.

— Ta tante Clara a eu un bébé à quarante-trois ans. C'est la nature.

— Sûrement, dit-il. Je leur souhaite beaucoup de bonheur.

Il était distrait. Il regardait le faucon à travers la vitre.

— Precious a dit que t'en avais fait mourir deux de faim.

— Oui.

— Mais t'es quand même allé en attraper un autre.

— Oui, j'en ai attrapé un autre.

— Tu vois bien, c'est ce que je veux dire.

Il ne voyait pas du tout ce qu'elle voulait dire, mais répondit :

— T'as raison.

— Bon. Tu vas te sentir seul quand Precious sera partie.

— Ça se passera très bien.

— Fils, tu devrais te marier. Tu devrais *être* marié.

— Peut-être bien, Ma.

Il se demanda combien de temps il pourrait continuer à parler comme ça sans se mettre à hurler.

— Mlle Right va venir un de ces jours, dit-elle. Alors tu comprendras à côté de quoi t'es passé.

Il avait une idée très précise de ce à côté de quoi il était passé et avait bien l'intention de persister à passer à côté.

— Je crois que je vais m'habiller, dit-il.

— Precious a dû te préparer un bon casse-croûte. C'est ça, habille-toi et viens à table.

— Qui est là ?

— La famille, répondit-elle en disparaissant dans le couloir.

Il se fringua, le cœur léger, et même le corps léger, comme si ses os étaient remplis d'air. Il s'aspergea la figure d'eau chaude, se sécha, s'éclaircit le menton et les joues avec un rasoir Norelco et se rendit à la table du repas, qui sentait le talc. Il y avait du peuple, le cousinage rappliquait en foule. Dans le couloir, il croisa quatre personnes qui lui prirent le bras sans rien dire, en émettant de petits bruits humides avec leurs bouches. Ils avaient l'air de faire la queue chez le photographe, pour un genre de portrait de groupe. Il y avait du noir partout : robes, costards, pompes, voiles, chapeaux, cravates. Billy Bob était assis à table. Il buvait du café. Sa mère et trois autres femmes se tenaient debout le long d'un mur. Comme des rôdeuses à l'affût. Il entendait Precious dans la cuisine. Dès qu'il posa le cul sur une chaise, une des couseuses de l'atelier, qui s'appelait Martha, se pointa avec un énorme bol de caoua.

— Precious a presque fini, dit-elle.

— Merci, Martha, dit George.

— Bois tant que c'est chaud, dit Billy Bob. Tu te sentiras mieux.

— Je crois que j'ai bu assez de café comme ça, répondit George en le lorgnant de biais.

— L'autre, c'était pour ton bien, dit sa mère.

— On était obligés, dit Billy Bob.

— Bah, ce qui est fait est fait, dit l'une des femmes.

— Le soleil ne peut pas toujours briller, dit une autre.

Ça y était, ils recommençaient à parler en code. Il refusa d'écouter. Dans une minute, ils allaient lui expliquer que *les voies du Seigneur sont impénétrables* et que *personne ne connaît le jour ni l'heure.*

Precious arriva avec une assiette d'œufs au jambon. Alonzo, immense, poilu et grave, lui emboîtait le pas. Elle posa la bouffe devant George.

— Mange, dit-elle, mange.

— Mange, George, dit sa mère.

— Mangez, frère Gattling, dit le pasteur.

— Un bon repas fait des miracles.

Il n'en doutait pas. Il était tellement affamé qu'il en avait des frissons sur la peau. Son estomac était glacé. Il grelottait, il salivait, sa langue clapotait dans sa bouche. Il n'avait jamais eu aussi faim de sa vie. Mais il fallait faire les choses dans les règles, sinon ça n'en valait pas la peine. L'intégrité exigeait que le faucon mange d'abord. Tous les vieux fauconniers affirmaient que l'oiseau était foutu si le maître cassait la dalle avant lui. Ils en étaient convaincus.

Alors, bien qu'affamé au point de ne pouvoir presque pas parler, il dit :

— J'ai pas faim.

— Faut que tu reprennes des forces, dit sa mère.

— Je peux pas. Je peux pas tant que…

— Nous comprenons, dit le pasteur. C'est une tragédie pour nous tous.

— À quelle heure on doit être au funérarium ? demanda George.

— Deux heures et demie, dit sa mère.

— Bon, je vais me préparer alors, dit-il. J'emporterai peut-être une tasse de ce café avec moi, finalement. Noir. Sans sucre.

— Mais bien sûr. Tout de suite, dit Precious en se précipitant vers la cuisine.

Elle lui apporta le café et il se dirigea vers sa chambre. Il s'arrêta devant la porte.

— Billy Bob, tu peux venir une minute ?

— Sûr.

Quand ils furent dans sa chambre, George dit :

— Je voudrais que tu me rendes un service.

— Accordé.

— Je veux que tu ailles m'acheter deux poussins.

— Des *poussins ?*

— Des poussins.

— Tu vas faire bouffer ce faucon ?

— Elle est affaitée. Il faut que je la nourrisse maintenant.

— C'est pas naturel.

— J'ai pas l'intention d'en discuter. On n'a pas le temps. (Il sortit deux billets d'un dollar de son portefeuille.) Deux poussins. Vas-y.

— Où tu veux que je trouve des poussins ?

— Chez Brownlee Feed & Seed, 6e Rue nord-ouest. Juste après University Avenue.

— Comment tu le sais ?

— J'en ai déjà acheté là, une fois.

— Mais ils les ont pas bouffés.

— Non, ils ont préféré mourir de faim. J'avais les poussins sur ma main, mais ils ont pas fait un pas. Seulement, cette fois, ce sera différent.

— George…

— Va me chercher ces poussins. Maintenant.

George avait pris sa voix du University Auto Shop et Billy Bob obtempéra illico, mais sans pouvoir s'empêcher de marmonner dans le couloir que n'importe quel homme sain d'esprit savait que ce n'était pas naturel.

George se fit couler un bain très chaud. La trempette l'aida à oublier sa faim et il resta longtemps immergé sans bouger. Le temps de mettre la main sur son costard noir, une paire de chaussettes noires et une cravate noire, et Billy Bob était de retour avec une boîte carrée en carton-pâte, percée de petits trous au sommet et sur les côtés.

— Combien t'en as ?

— Ben… t'as dit deux. J'en ai deux.

— Bien.

À les entendre gratter le carton avec leurs pattes et à voir leurs becs minuscules pointer alternativement entre les trous, ils auraient pu être une demi-douzaine. George posa la boîte sur la commode à côté du miroir et acheva de nouer sa cravate. Il s'envoya une petite giclée d'eau de Cologne et vérifia s'il n'y avait pas de pellicules sur ses épaules. Billy Bob l'observait, planté à l'autre bout de la chambre.

— Tu sais qu'y a un flic qu'est venu ici ? dit-il.

George s'interrompit et leurs yeux se croisèrent dans le miroir.

— Non. Je ne savais pas ça.

— Enquête de routine, dit Billy Bob. C’était pas naturel.

— Qu’est-ce qui n’était pas naturel ?

— La manière qu’il a fait son compte. On n’a jamais vu personne faire ça dans un lit à eau. Le flic a dit qu’il était dans le service depuis plus de vingt piges et jamais il a entendu parler d’un mec qui s’est noyé, ou qui a même seulement essayé de se noyer dans un lit à eau.

— Ils pensent suicide ou accident ?

— Au choix. L’un ou l’autre, ça tient pas debout. Ils voulaient juste être sûrs que ça baignait.

— Que ça baignait ?

— Qu’y avait pas d’embrouille, quoi. Qu’il s’était bien noyé tout seul. Que personne l’avait aidé.

— Et qu’est-ce qu’ils ont conclu ?

— Que ça pouvait coller. Ils ont essayé avec des cigarettes et ils ont fini par faire un trou aussi gros que la fuite, mais y a fallu le temps. Fred a dû rester couché dedans pendant la moitié de la nuit avant qu’y ait assez de flotte pour se noyer.

— Comment c’est arrivé, d’après toi ?

— D’après moi, c’est pas un acte naturel.

— Bon, mais accident ou suicide ?

— Comme je vois la chose, c’est pas naturel. Pour le reste, ça change rien. (Il secoua la tête.) Enfin, pour moi, ça change rien.

George prit la boîte et souleva le rabat. Les deux poussins étaient tout jaunes et couverts de duvet vaporeux.

— Écoute-moi bien, dit-il. Il faut que je donne à manger au faucon.

— Ça presse pas. Attends au moins qu'il soit enterré.

— Non, tout de suite. Et tu vas m'aider.

— J'ai jamais eu d'oiseaux. Je pourrais pas t'aider à grand-chose.

— Tu comprends pas. J'ai pas envie que Ma ou Alonzo, ou toute la bande, me sautent dessus en gueulant pendant que j'essaierai de la faire percher sur mon poing.

— Ah bon, elle va percher sur…

— Laisse-moi finir. Peut-être que j'arriverais à descendre sans qu'ils me voient ou sans qu'ils se doutent de ce que je fais. Mais je peux pas courir le risque parce que, si quelqu'un me voit et alerte les autres et qu'ils rappliquent tous en gueulant… eh ben, tout ce que j'ai réussi à mettre au point sera foutu.

— Et qu'est-ce que je peux y faire ? Je vois pas en quoi je peux t'aider.

— Va leur dire que je suis fou.

— Hein ?

— Dis-leur que tu penses que je fais une rechute. Comme ça, ils pourront tous aller à la fenêtre et me regarder de loin. Mais dis-leur que je t'ai prévenu, que s'ils sortent de la maison pendant que je suis en bas, j'irai pas à l'enterrement.

— Putain, George. Pourquoi ?

— Dis-leur… dis-leur que… (Il réfléchit.) Dis-leur que je crois que l'oiseau est Fred.

Billy Bob hochait la tête. Il était blême.

— J'suis pas sûr que c'est une bonne idée, fit-il. Pourquoi leur raconter des conneries ?

— Parce que ces conneries-là, ils les accepteront. La vérité, non.

— Et c'est quoi, la vérité ?

— Les faucons rouges-queues adorent les poussins. Et j'ai l'intention d'en profiter. Maintenant va leur répéter ce que je t'ai dit. Tu leur expliques que je n'irai pas à l'enterrement si je ne peux pas d'abord donner à manger à Fred. Et si quelqu'un vient me casser les pieds, je prends Fred et je me tire dans les bois avec lui. Et arrête de me regarder comme ça, c'est juste un bobard.

— Bien sûr, George. Tout ce que tu veux.

Billy Bob partit et George s'arma de la machette qu'il rangeait dans le haut de son placard. Il l'avait achetée à des vendeurs ambulants, à l'occasion d'une collecte de fonds au porte-à-porte pour une dame qui avait besoin d'un poumon artificiel. Le coutelas était dans un fourreau gravé d'un motif décoratif et d'une inscription : BOLIVIA. Par précaution, pour ne pas se retrouver nez à nez avec sa mère en travers du chemin, il sortit en douce par la porte de derrière, qui donnait sur la terrasse. La lourde machette battait contre sa jambe quand il foula les fougères du sentier.

Du coin de l'œil, il les vit alignés côte à côte devant la porte vitrée coulissante du living-room. Il descendit sous le faisceau convergent de leurs regards braqués sur son dos et s'arrêta près de la souche, à une quinzaine de mètres du faucon, en évitant soigneusement de croiser ses yeux. Il posa la boîte à côté de la souche et l'ouvrit. Les poussins tendirent le cou en agitant leurs petites ailes duveteuses. George sortit la machette de son fourreau de cuir. Le tranchant étincela au soleil.

Il plongea la main dans la boîte et attrapa un poussin par les pattes – des pattes fines comme des allumettes entre ses doigts. L'oisillon, qui pendait à l'envers, les ailes écartées, essaya de redresser la tête. George le déposa sur la souche et positionna la machette sur son cou minuscule, en calculant soigneusement l'angle d'attaque de la lame. Le regard des autres le décontenançait et il se sentait un peu péteux avec ce schlass disproportionné, dont le manche à lui seul était trois fois plus grand que le poussin. Mais ce n'était pas le moment de faiblir, parce que le faucon le surveillait aussi, avide, presque mort de faim, l'œil fixe. Ce n'était pas si facile que ça en avait l'air de tuer un poussin. La dernière fois qu'il s'y était essayé – pour les éperviers –, il avait failli en faire de la charcuterie. C'est pourquoi il avait pris cet énorme couteau. Il s'était dit que la meilleure façon de procéder était d'y aller franco.

Il retint son souffle et frappa.

Il rata le cou, la lame trancha le dos. Une moitié du corps tomba à terre. Il enfila ses gants de cuir et la ramassa. Les yeux du poussin semblaient vitrifiés par des paupières presque transparentes. Il le saisit entre son pouce et son index, et s'approcha lentement du faucon en détournant la tête. Ce faisant, il eut un aperçu sur la brochette de voyeurs en deuil qui le zieutaient d'en haut, sérieux comme des séminaristes. Quelqu'un avait ouvert la porte et ils se pressaient sur le seuil pour mieux voir. Quand il exposa le demi-poussin à la lumière du soleil, un « oh » collectif fusa de la maison.

Il se rapprocha encore du faucon, s'accroupit, retira la laisse de son anneau et tendit le poing à une dizaine de centimètres des serres qui agrippaient convulsivement le bord de la souche. Sa vision périphérique lui montra en même temps le rapace qui se penchait vers le poussin et les gargouilles livides qui saillaient de la porte ouverte. Tous, le faucon, lui-même et les observateurs d'en haut semblaient unis dans l'instant par un même lien, le ruban impalpable d'une même attente.

Il guettait la réaction de l'oiselle en bloquant sa respiration.

Elle regarda le poussin, puis les dix longs centimètres qui la séparaient du gant, et avança. Avec naturel, comme si elle l'avait toujours fait. Il se leva doucement et précautionneusement pour que le spectacle soit complet, parce qu'il était évident maintenant que le faucon et lui étaient en représentation et ne se trouvaient là que pour donner quelque chose à voir au public aligné derrière la porte.

Avec la vivacité et la précision d'un chirurgien, le faucon cisailla le poussin, arracha un fin boyau violacé qu'il étira sous la lumière et, curieusement, suspendit son geste, de sorte qu'il forma avec George un tableau vivant pendant une bonne minute. Puis il imprima un bref mouvement de torsion à son cou et la guirlande de boyau disparut tout entière dans sa gorge.

Un cri étranglé s'éleva du public. George se retourna et les vit rougir, comme pris en faute, avec une grimace idiote, mi-incrédule mi-résignée.

17

À la page 142 du livre de l'empereur Frédéric, il trouva le schéma d'un capuchon. Le dessin ressemblait à un objet volant, un genre de papillon. Il l'étudia longuement avant d'essayer d'en fabriquer un. Il savait que ce ne serait pas coton. Pour qu'un capuchon soit fonctionnel, il fallait qu'il soit à la fois léger, solide et fixé de manière à ne pas nuire au faucon, c'est-à-dire juste assez serré pour tenir sans appuyer sur les yeux.

Ils mirent Fred en terre à trois heures et demie. À cinq heures, George analysait le schéma du capuchon, seul dans la grande maison. L'enterrement en soi lui avait paru hors sujet, décalé par rapport à l'événement. Les larmes versées lui avaient semblé convenues, purement protocolaires. Lui-même, il n'avait réussi qu'à froncer les sourcils en plissant les yeux pendant toute la cérémonie pour se donner une gravité de circonstance. La procession sur la pelouse incroyablement verte de la Prairie du Perpétuel Secours avait mis tout le monde mal à l'aise. Ils étaient tous impatients d'en finir et de rentrer. Le cadavre était dans la caisse. La fosse était creusée. Il y avait un gros tas de terre excavée à côté du trou, et des carrés de pelouse soigneusement empilés, attendant d'être remis en place. Les racines n'avaient pas souffert. Quand tout ça serait rebouché, il suffirait d'arroser un peu et, dès le lendemain soir, personne ne remarquerait que l'herbe avait été déplacée. Tout ce qu'on pouvait dire avait déjà été dit. Inutile de lanterner, chacun était prêt à repartir. Même Precious. Elle avait davantage regardé Alonzo que le cercueil et la fosse de son fils pendant l'inhumation. De retour à la maison, quand tout fut terminé, elle invita George à leur rendre visite au plus tôt.

— Dès qu'on sera installés, dit-elle.

— Vous aussi, j'espère que vous reviendrez me voir, dit-il, en se demandant pourquoi il se sentait encore obligé de mentir.

— Je t'oublierai jamais, dit Alonzo.

George pensa : Je t'oublierai pas non plus, enflure.

Alonzo dit :

— Je prétends pas être parfait.

George pensa : Mais tu as de fortes présomptions, pas vrai ?

— Alonzo, il se fait tard, dit Precious.

George la regarda tirer le bras de son nouvel ancien mari, impatiente de monter dans son Oldsmobile et de se calter vite fait, de fuir l'inexplicable. George, quant à lui, était content de savoir que, à la page 142 du livre de l'empereur Frédéric, il trouverait un schéma pour confectionner le capuchon dont il *avait* impérativement besoin, parce qu'un faucon ne pouvait pas être dressé pour la chasse sans capuchon. Ils lui tapèrent dans le dos, lui serrèrent le bras, lui répétèrent qu'il ne fallait pas s'en faire, que tout rentrerait dans l'ordre, et il leur donna le change en affichant un sourire gentiment triste, la tête ailleurs, déjà préoccupé par la réalisation du capuchon.

— J'enverrai chercher le reste de mes affaires, dit Precious en se carrant dans la bagnole.

— T'es sûr que ça ira ? dit sa mère.

— Oui, ça ira très bien.

— J'ai dit à Billy Bob de s'occuper de toi, reprit-elle.

— Parfait, si j'ai besoin de quoi que ce soit, j'irai le voir.

— Excuse-nous de partir comme des voleurs, dit-elle, mais… tu sais ce que c'est.

— Oui, je sais. Ne vous en faites pas pour moi, je saurai bien me débrouiller.

Il se débrouilla surtout pour foncer au magasin de bricolage de University Avenue avant cinq heures, acheter un cutter de précision avec cinq lames de rechange, un pot de colle Epoxy et une pièce de cuir d'un mètre carré et demi. De retour chez lui, il recopia le schéma du livre sur du papier calque, puis le reproduisit sur une feuille de carton, qu'il découpa soigneusement avec le cutter et utilisa comme patron pour découper ensuite la pièce de cuir. Quand ce fut fait, il prit celle-ci dans la main et la regarda longuement, avec perplexité. Il n'arrivait pas à voir comment ça se pliait, sachant qu'il fallait à la fois bander les yeux du faucon sans le blesser et fixer la capuche de manière que l'oiseau ne puisse pas l'arracher avec ses serres, ce que – d'après ses lectures – il ne manquerait pas de faire, du moins la première fois.

Il se reporta à la page 102 du livre de l'empereur, où l'éditeur avait inséré une planche montrant Robert Cheeseman, le fauconnier de Henri VIII. Sur le bras de Robert, il y avait un faucon et, sur la tête du faucon, un capuchon. George observa l'illustration en essayant d'associer mentalement son schéma et la chose que portait l'oiseau de Robert. Il eut beau l'étudier pendant une bonne demi-heure, ça ne lui disait rien, il était largué. Ce ne fut qu'en expérimentant, en pratique, diverses pliures du schéma qu'il commença à comprendre comment ça pouvait s'emboîter sur la tête d'un faucon. Quand il eut fini, le capuchon était si petit qu'il aurait pu tenir sur le crâne d'un canari. Mais ça, il s'en doutait depuis le début. Ce n'était que pour s'exercer. Il ne savait pas combien de temps il lui faudrait pour en réaliser un qui soit vraiment adapté. Il attendit que la colle sèche, retroussa le capuchon, gratta les parties qui seraient en contact avec les yeux, le retourna à l'endroit, l'humecta et le mit à sécher pour qu'il durcisse en prenant la forme voulue. Quand ce fut sec, il prit son cutter, grava dessus le numéro un et recommença toute l'opération en découpant un second schéma, légèrement plus grand, dans la pièce de cuir. Il continua jusque tard dans la nuit. Il venait juste de graver le numéro treize sur un dernier capuchon quand Morphée lui chanta une berceuse. Il s'endormit paisiblement dans son fauteuil.

Le téléphone le réveilla. Il se redressa et se frotta le cou. Il était tout engourdi, mais le roupillon l'avait gentiment requinqué, il avait pioncé comme un bébé. Il laissa sonner quelque temps, en contemplant les treize capuchons alignés sur la table basse, du plus moche au plus réussi. Le premier était carrément raté, c'était une espèce de minuscule chapeau chinois tellement serré qu'on pouvait tout juste y introduire le petit doigt, mais la série s'améliorait nettement jusqu'au dernier, un joli petit bibi qui n'aurait pas déparé sur un grand geai bleu. C'était le cinquième qui marquait le progrès technique le plus net, et tous les suivants lui inspiraient une réelle fierté. Il se leva pour aller répondre au téléphone

— George ?

C'était Billy Bob qui aboyait dans l'écouteur.

— Oui, dit George.

— T'as mis le temps à répondre, je me faisais du tintouin.

— Te tracasse pas pour moi

— Tu viens, ce matin ?

— Non.

— Écoute, George, le travail est le meilleur… le… C'est ce qu'y a de mieux.

— T'en fais pas, je vais très bien.

— T'es *sûr* ? (George l'entendait téter ses clous comme un nourrisson en panne de mamelle.) Qu'est-ce tu fabriques, tout seul dans ton coin ?

— Un capuchon.

— Un… un capuchon ? Pour l'oiseau ?

— Oui.

— Euh, et ça prend combien de temps, de fabriquer un capuchon ?

— Pas mal de temps. Faut que j'en fasse toute une série.

— Eh ben, viens à l'atelier, alors. On mettra deux ou trois filles dessus, elle te feront ça à la machine.

— Non.

— George, c'est pas pour t'emmerder, mais ta mère m'a demandé de veiller sur toi et..

— Je sais. Je suis au courant. T'inquiète pas. Occupe-toi du magasin et tout ira bien.

— Qu'est-ce que tu vas faire ?

— Dresser le faucon.

— J'sais pas ce qu'il faut en penser.

— Alors, n'en pense rien.

— Encore une chose.

— Quoi ?

— Betty est pas venue travailler. Je me suis dit qu'il valait mieux te prévenir.

— Elle rend son tablier, répondit-il. Je le savais, elle m'en a parlé. Bon, faut que je te quitte, maintenant. Je bouge pas d'ici, tu peux m'appeler si tu as quelque chose d'important à me dire. Mais pour tout ce qui concerne la sellerie, les capitons de Volkswagen et le reste, tu serais gentil de me lâcher la grappe, d'accord ? Fais-moi plaisir.

— Compris.

— T'es sympa, dit George.

Et il raccrocha.

Il retourna s'asseoir devant la pièce de cuir. Il découpa méthodiquement quatre autres schémas, en les agrandissant de deux millimètres, ce qui, d'après ses calculs, devait correspondre à la taille la plus fonctionnelle. Il en avait touché un mot à Betty pendant l'enterrement. Quand ils étaient arrivés à la Prairie du Perpétuel Secours dans les limousines blanches réservées à la famille proche, qui suivaient la limousine noire portant le cercueil, tout le monde s'était imperceptiblement écarté de lui, de sorte qu'il s'était retrouvé seul devant la tombe ouverte. Personne ne lui avait adressé la parole pendant le trajet et il avait remarqué qu'il avait encore un peu de sang du poussin sous les ongles. Le faucon l'avait avalé entièrement, jusqu'aux petites pattes jaunes, qu'il avait englouties avec le reste. George était sûr qu'il aurait becté l'autre aussi s'il le lui avait donné, mais il ne voulait pas le rassasier dès la première fois. Les spectateurs agglutinés dans l'encadrement de la porte, à qui Billy Bob avait dit qu'il y avait un autre poussin dans la boîte, en avaient d'ailleurs étaient très déçus.

— Tu lui donnes pas l'autre ? avait dit Alonzo quand il les eut rejoints en haut.

— Non.

Et ce furent les derniers mots qu'ils échangèrent jusqu'à leur arrivée au cimetière.

— Ça t'ennuie pas que je sois là, dis ?

Il observait la tombe béante, en surveillant d'un œil distrait le complexe appareillage mis en œuvre pour la descente du cercueil. Il se tourna vers Betty, qui venait de s'arrêter à côté de lui.

— Tu sais bien que non, répondit-il.

— Je ne sais rien du tout, dit-elle. Ça aurait pu te contrarier.

— Eh bien, non.

— Tant mieux.

Ils gardèrent le silence pendant que les porteurs sortaient le cercueil du corbillard et le transbahutaient jusqu'à la fosse. George aurait volontiers fait partie des porteurs si on le lui avait demandé. Mais le pasteur lui avait dit que, après délibération, ils avaient tous estimé que la tâche serait trop pénible pour lui, compte tenu de l'étendue de son chagrin. C'est ainsi qu'il s'était retrouvé seul avec Betty, devant le trou fleuri de couronnes, à discuter du faucon.

— Un capuchon ? disait-elle.

— C'est l'étape suivante.

— T'en as déjà fait un ?

— Non. Je vais faire mon premier ce soir.

— Je suis contente que tu aies une occupation. Vivement que le dressage soit terminé. Je suis impatiente de la voir faire.

— Faire quoi ?

— Ce qu'elle a à faire.

— Elle tue.

Elle détourna légèrement la tête et parut rougir.

— Je sais, dit-elle.

Il ressentit une sorte de chaleur, comme une main brûlante dans le creux de ses reins.

— Tu sais quoi ? dit-il. Je t'emmènerai avec moi la première fois que je la lancerai sur une proie vivante. Comme ça, on sera quittes, rapport à la marijuana.

— J'sais pas comment je dois prendre ça.

— Prends-le comme ça t'arrange... du moment que c'est en bien, dit-il en souriant.

Elle se dérida.

— Tu sais, avec un petit effort, tu pourrais devenir un mec bien, finalement.

— Je pourrais.

En une lente procession, le cercueil blanc défila devant eux. Ils le regardèrent passer. Precious poussa un gémissement, un vrai trémolo de diva, si appuyé et si douloureux que tout le monde piqua du nez d'un air gêné, tandis qu'Alonzo la soutenait d'un bras sûr et viandeux.

— Ce serait un endroit idéal pour la faire voler, ici.

— Quoi ? dit Betty.

— Le faucon, dit-il. Ce serait idéal, ici.

Ils regardèrent la Prairie du Perpétuel Secours autour d'eux. Ç'aurait pu être un terrain de golf, à deux détails près. C'était plat comme un billard et il n'y avait pas d'arbres. Pas du tout. Les tombes n'étaient signalées que par des plaques de cuivre incrustées dans le gazon. Il n'y avait ni colombes de la paix, ni christs en prière, ni colonnes de marbre, ni monuments de la douleur, ni rien de tout ça ici – rien d'autre que de la bonne herbe bien verte sur trente hectares.

— On peut pas faire voler un faucon quand il y a des arbres, expliqua-t-il. On risque de le perdre. Les premiers temps, je la lancerai sur des lapins. Ce sera parfait.

— Je peux venir te regarder travailler avec elle ?

— Je te préviendrai quand je serai prêt à la lâcher.

— Ça veut dire : « Ne m'appelle pas, c'est moi qui t'appellerai. »

— Ça veut dire ça.

Le petit attroupement se rapprochait de la tombe. Le pasteur se préparait à prononcer quelques ultimes paroles à la mémoire de Fred.

— Je laisse tomber mon boulot à l'atelier, dit-elle.

Il ne répondit pas. Precious s'était évanouie et ils l'installaient sur une chaise métallique pliante. Alonzo était à genoux devant elle. Sa face inexpressive de brute était toute plissée par le chagrin.

— Je regrette que ça se soit passé comme ça, reprit-elle.

— Oui, dit-il enfin.

— La table à découper et tout ça, c'était du cinoche. Du flan. Depuis le début. Je veux dire… j'ai fait ça pour te remettre à ta place.

— Bien sûr.

— Et pour me mettre, moi aussi, à ce que je pensais être ma place.

Il lui sourit, mais sans parler. Precious était revenue à elle. Le pasteur dit : « Bien aimé entre tous », s'interrompit, s'éclaircit la gorge et répéta. Il avait capté leur attention.

Sauf l'attention de George, qui était entièrement accaparée par le faucon et le resta bien après l'enterrement. Il ne pensait plus qu'à ça. Jamais encore il n'avait été obnubilé à ce point par une idée. Le faucon était à lui. Il le contrôlait, le maîtrisait et serait bientôt en mesure de lui faire faire ce qu'il voudrait, quand il voudrait.

Mais d'abord, il fallait lui bander les yeux. Et, à la fin de cette première journée, il était sûr de disposer d'un capuchon qui ferait l'affaire. Il grava un numéro sur le vingt-septième, se carra dans son fauteuil et admira sa collection alignée sur trois rangs d'égale longueur sur la table basse. Quelque part dans l'un de ces rangs, il y avait forcément le capuchon idoine, parfaitement adapté et opaque.

Il se leva enfin, après être resté assis toute la journée, gagna la porte coulissante en verre et contempla l'oiselle près du ruisseau. Il avait posé une casserole pleine d'eau à côté de la souche, pour qu'elle puisse s'y baigner. Elle ne bougeait pas, mais il la sentait en alerte. Comme il n'avait rien pour nourrir le second poussin et qu'il le savait affamé, il l'avait donné au faucon, qui s'était perché recta sur son poing et l'avait bouffé sans chipoter.

Il le capuchonnerait le lendemain avant l'aube. Alors seulement le vrai dressage commencerait. Il retourna dans sa chambre pour prendre un crayon et du papier, puis rédigea soigneusement son planning.

PREMIER JOUR
capuchon. porter sur bras pendant 1 h. caresser continuellement avec plume. reposer sur souche et laisser toute la journée. soir remettre sur bras 1 h et caresser avec plume. décapuchonner pour la nuit. nourrir sur poing avec cœur de bœuf cru. capuchonner et décapuchonner pdt 2 h jq'à ce qu'elle ne résiste plus à capuchon.

DEUXIÈME JOUR
pareil que 1er jour. mais porter sur poing de 3 à 4 h.

TROISIÈME JOUR
pareil que 2e jour.

QUATRIÈME JOUR
décapuchonner et laisser sur souche sans capuchon pdt 2 h. laisser possibilité de se baigner dans eau fraîche.

CINQUIÈME À SEPTIÈME OU HUITIÈME JOUR
lui présenter le leurre.
(fabriquer leurre avec ailes de pigeon bien sèches liées ensemble avec morceau de cœur de bœuf frais ou tête de poulet fraîchement tué cloués par le milieu sur court manche à balai ou autre support.

rendre suffisamment lourd – ficeler des poids avec téflon – pour empêcher oiseau de soulever.)
attacher leurre à long fil de nylon. mettre faucon capuchonné sur piquet. retirer laisse. nouer bagues à fil de nylon. nouer fil à piquet. décapuchonner. lancer leurre à 10 ou 15 m dans herbe. agiter jq'à ce que oiseau vole et attrape leurre. récompenser. capuchonner. continuer exercice jq'à ce que oiseau vole sur 100 m entre piquet et leurre. le jour où elle fait 100 m reposer sur piquet et capuchonner. détacher 100 m de nylon. *laisser voler librement sur 50 m jq'à leurre !*

HUITIÈME À DOUZIÈME JOUR

laisser voler librement jq'à leurre autant que possible pour développer souffle et énergie perdus pdt captivité.

TREIZIÈME JOUR

lâcher librement sur proie avec sang. la lancer trop longtemps sur proie artificielle causerait accoutumance à leurre.

18

Quand il ouvrit les yeux le matin du treizième jour, l'oiselle le dominait, juchée au pied du lit sur un perchoir portatif, immobile comme un oiseau empaillé. Il émit un petit bruit rassurant, comme une mère câlinant un enfant, et vit la tête capuchonnée bouger imperceptiblement.

George l'avait installée là, au pied de son lit, la veille au soir, parce que l'impatience l'empêchait de dormir. Elle avait volé deux fois en liberté, hier, sur cent mètres jusqu'au leurre, et aussi sec il avait filé à l'animalerie pour acheter six jeunes lapins. De retour à la maison, il les avait mis dans la cage à rat grillagée derrière le garage. Et la pensée que les lapereaux étaient là, juste derrière, pendant que le faucon attendait sur la souche, l'avait rendu si nerveux qu'il avait été incapable de fermer l'œil. Alors il était allé chercher le faucon et l'avait posé sur le perchoir portatif au pied de son paddock. Et ça avait marché : il avait immédiatement sombré dans le sommeil.

Il s'assit sur le lit et couina de nouveau. Le

faucon se pencha lentement en avant, leva la queue et expédia un jet de chiures blanches. Le sol était souillé tout autour du perchoir. Si Precious avait été là, elle aurait piqué la colère du siècle. Mais Precious n'était pas là et George continua à roucouler sur son page, profondément heureux. Il tendit la main pour attraper ses gants de soudeur. Il les enfila et, toujours en pyjama, alla titiller l'arrière des pattes du faucon, qui se percha à reculons, exactement comme l'avait promis l'empereur Frédéric. Pour George, c'était un mystère qui imposait le respect. C'était prodigieux de se dire que tous les faucons capuchonnés du monde se perchaient exactement de la même manière si on leur touchait l'arrière des pattes. C'était vrai au temps de Frédéric, c'était vrai aujourd'hui et ça le resterait sans doute éternellement. Pour la première fois de sa vie, George eut l'impression de faire partie d'une chaîne de continuité indissociable.

Mais, si le capuchonnage rendait prévisibles tous les mouvements et toutes les réactions du faucon, il y avait tout de même quelque chose d'un peu dégueulasse dans cet acte, et George sentit une petite boule aigre de honte lui appuyer sur l'estomac. La rapace était docile comme une chatte. Il pouvait la toucher, elle se laissait faire, acceptait tous les outrages. Il pouvait la poser n'importe où, elle restait sur place jusqu'à ce qu'il vienne la reprendre. Enfiler un capuchon sur le plus grand, le plus fort, le plus majestueux oiseau de proie du monde, c'était le réduire à une chiffe molle que même un enfant pouvait porter. George soupira. Il avait résolu de ne pas y penser, mais il savait qu'il ne pourrait pas s'en empêcher. C'était inévitable. Sa mère ne lui avait-elle pas rabâché toute sa vie qu'on n'avait rien pour rien ?

Il descendit poser le faucon sur la souche, détourna les yeux et dénoua le lacet du capuchon. Il sentit, plus qu'il ne vit, sa tête se libérer, puis devina son regard braqué sur son profil. Elle secoua ses plumes et ouvrit un large bec jaune. Il attacha la laisse et s'éloigna. Il y avait une casserole d'eau fraîche devant elle et, comme il remontait vers la maison, il l'entendit tremper ses ailes et patauger dans la flotte.

Il était encore très tôt, le soleil ne se lèverait que dans une heure, mais il ne faisait pas noir et il put la contempler longtemps derrière la porte vitrée de son living-room, la regarder se toiletter et lisser ses ailes sur la souche. Puis il appela Betty.

— Allô ? (Elle semblait mal réveillée et renfrognée.)

— Elle a volé sans attache.

— Allô ?

— Le faucon a volé en liberté.

— George ?

— Oui.

— Je croyais pas que tu appellerais.

— Je t'avais dit que je le ferais.

— Je sais.

— Alors tu pensais que j'arriverais pas à la dresser.

— Je sais pas ce que je pensais. Rien, probablement. Je suis contente que tu appelles.

— Elle a volé sur cent mètres ! Elle a foncé sur un leurre sans la moindre attache ! Sans rien pour la relier à moi !

— T'as pris ton pied, on dirait.

— Et encore, c'est rien à côté de ce qui va suivre.

— Une proie vivante ?

— Une proie vivante.

— Je peux voir ?

— Je t'ai dit que oui. Tu pourrais être là dans une demi-heure ?

— J'arrive.

Et elle arriva, à fond la caisse, au volant de sa Volkswagen rouge. Elle sauta avant l'arrêt de la bagnole. Il était debout devant le jardin de roses de Precious, avec le faucon sur son bras.

— Oh, vingt dieux, dit-elle. Vingt dieux.

— Ouais, fit-il.

— Et ça, qu'est-ce que c'est ? demanda-t-elle en désignant la boîte en polystyrène à ses pieds.

— Des lapins.

Elle se pencha et souleva le couvercle. Ils ne mesuraient pas plus d'une douzaine de centimètres. Blancs avec des taches noires.

— Oh non, dit-elle. Non.

— Qu'est-ce qu'il y a ?

— Ils sont trop mignons.

— J'espère qu'elle les trouvera mignons aussi.

— C'est des bébés.

— T'es pas obligée de venir.

— Si, si, je viens.

Elle rangea la boîte sur le siège arrière de la Volkswagen. Il posa le perchoir sur le plancher entre ses genoux et garda le faucon sur son bras.

— Où on va ? dit-elle en sortant de l'allée.

— Prairie du Perpétuel Secours.

— C'est toi le fauconnier, dit-elle en tournant dans la Huitième Avenue. Ça va être une belle journée, ajouta-t-elle, un peu nerveuse.

— On dirait.

Le ciel devant eux se colorait d'un bleu-vert, comme les fonds marins. L'air était frais et sentait la verdure. Oui, c'était une belle journée.

— Tu veux que je te dise un truc affreux ? reprit-il.

— Dis-moi un truc affreux.

— Si tu as bien réussi le dressage, elle enfile le capuchon elle-même. Sans blague. Elle est sur son perchoir et elle te regarde venir avec le capuchon sans bouger. Puis, au moment où tu abaisses le truc devant elle, elle se penche et elle fout sa tête dedans. D'elle-même.

— Pourquoi ?

— Parce que, quand elle voit le capuchon, elle sait qu'elle va voler. Chaque fois qu'elle le voit, elle pense qu'on va la détacher et qu'elle va pouvoir voler.

— Elle pense que c'est la liberté.

— Je suppose.

— Sauf que c'est pas la liberté.

— Mais ça, elle le sait pas.

Il y avait une lourde chaîne en travers de la route, barrant l'entrée de la Prairie du Perpétuel Secours. Ils arrêtèrent la Volkswagen et descendirent. Betty portait la boîte aux lapins, George portait le perchoir et le faucon. Les hectares d'herbe verte scintillaient sous la rosée. La prairie s'étendait au loin, lisse comme une moquette et déserte, à l'exception d'un homme solitaire à l'horizon, qui maniait la pelle, dans un trou à hauteur de genoux. Il balançait de la terre derrière lui sans même lever les yeux.

George ficha le perchoir dans l'herbe, approcha l'oiselle, lui fit toucher le bois avec l'arrière des pattes, et elle grimpa dessus immédiatement. Betty et lui se regardèrent un instant, puis regardèrent devant eux, vers l'homme qui s'enfonçait à l'horizon à mesure que le tas de terre augmentait.

— Écoute, dit-elle brusquement, tu sais ce que je vais faire quand on aura fini ?

— Quoi ?

— Je vais t'accompagner chez toi et te préparer ton petit déjeuner.

— Préparer mon petit déjeuner ? fit-il, stupéfait. Y a qu'un ennui, c'est que tu sais pas cuisiner.

— Attends, tu verras.

Ils regardèrent l'homme creuser encore un moment, pendant que le jour se levait sur la prairie. George toucha la boîte aux lapins du bout du pied.

— George ?

— Quoi ?

— Laisse-la partir.

— Laisser partir le *faucon* ?

— Libère-la et laisse-la s'envoler. Quelle différence ça fait ?

— Aucune. Ça peut plus rien changer maintenant. (Il se baissa et sortit un des lapereaux de la boîte.) Elle fera ce qu'elle veut, de toute façon. Elle peut tuer ce lapin ou foutre le camp. Je peux pas la retenir, je peux pas intervenir, ni dans un sens ni dans l'autre.

— Alors, ne lui montre pas le lapin. S'il te plaît, ne lâche pas ce lapin.

— Les faucons aiment les lapins.

Il prit le lapereau dans sa main gauche et, de la droite, délaça le fermoir du capuchon. Au moment où il décoiffait le faucon, il lança le lapereau dans l'herbe devant le perchoir. Le regard de la rapace se fixa sur l'animal, mais elle ne bougea pas, elle resta figée comme une statue, tandis que, sur ses yeux d'or, l'image noir et blanc du lapin se reflétait comme sur des boutons de cuivre. George s'écarta lentement du perchoir, en entraînant Betty. Le lapin dressa la tête, regarda alentour, puis renifla la pelouse, arracha un brin d'herbe et s'assit pour le mâcher tranquillement en activant sa bouche en cul de poule.

— Elle le fera pas, chuchota Betty.

— Peut-être pas.

— On devrait abandonner, dit-elle d'une voix rauque et crispée. On *doit* abandonner.

— On abandonnera si elle laisse partir le lapin. Mais…

Le faucon dodelina de la tête, en suivant exactement les petits bonds du lapin qui sautillait. Puis il tendit le cou et resta médusé comme un serpent aux aguets. Ses plumes de vol se raidirent.

— Mon Dieu, elle… elle…

Betty essaya d'articuler, mais aucun son ne sortait de sa bouche. Elle tendit le cou à son tour, figée, comme pour voir ce que voyait le faucon. L'oiseau quitta son perchoir telle une fusée, sans un battement d'aile, comme si l'air l'aspirait vers sa proie. Quand il enfonça ses serres dans son dos, le lapin poussa des cris brefs et stridents comme du métal raclant du métal, des cris, des cris, des cris.

Puis :

— Regarde ! s'exclama Betty. J'ai jamais rien vu de plus beau au monde.

DU MÊME AUTEUR

Aux Éditions Gallimard

DES SAVONS POUR LA VIE, 2004

LE FAUCON VA MOURIR, 2000, Folio Policier n° 835

LE ROI DU K.O., 1999, Folio Policier, n° 476

DES MULES ET DES HOMMES, 1997, Folio n° 4935

CAR, 1996 (précédemment publié sous le titre SUPERBAGNOLE, Albin Michel, 1974)

LE CHANTEUR DE GOSPEL, 1995, Folio Policier n° 555

LA FOIRE AUX SERPENTS, 1994, Folio Policier n° 178

BODY, 1994, Folio Policier n° 36

LA MALÉDICTION DU GITAN, 1993, Folio Policier n° 80

Aux Éditions Sonatine

LES PORTES DE L'ENFER, 2015

NU DANS LE JARDIN D'ÉDEN, 2013, Points Roman noir n° 3338

Aux Éditions Allia

DESCENTE À VALDEZ, 2016